KB194728

"당신의 영혼에

가장 아름다운 말을

들려드리고 싶었습니다"

원태연
에세이

SIDE

감각적 언어로 영감을 발견하는 작사가의 태도

원태연의 작사법

다산
북스

플레이리스트

Contents

A-Side Story

내 앞에는 눈부신
희망만 있을 줄 알았지

작사가의 방

우연한 기쁨과 슬픔

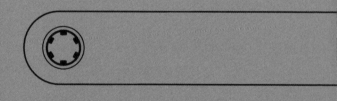

Prologue

기댈 곳은 사랑뿐

※ 주의

쓰기 싫다는 작사 이야기를 출판사에서 졸졸 쫓아다니며 조르는 통에 결국 쓰게 되었습니다. 왜 쓰기 싫은지(사실은 쓸 수 없는지) 열심히 설명한 결과, 그 이야기가 도리어 너무나 재밌게 들렸나 봅니다. 에라, 모르겠습니다. 편집자의 고집을 핑계로 그에게 들려줬던 이야기를 여기 내놓습니다. 투박한 말들이 섞여 있더라도 양해 바랍니다.   ―하여간 '이상한' 작가 사람, 원태연

영화《비긴 어게인》에 이런 대사가 나온다.

"내가 이래서 음악을 좋아해."

운전을 한다. 하필 비가 내리고 내 기분은
또 이러쿵저러쿵 시끄럽고. 스피커 볼륨을
한껏 키우면 창밖은 뮤직비디오다.
음악은 확실히 대단하다. "이 평범한 순간도
마법처럼 아름다워지게 한다"라는 촌스러운 표현도
'음악'을 수식할 땐 전혀 촌스럽지 않으니까.

노래는 인생에서 가장 가난한 사치다.
돈 들이지 않고도 마음이 근사해진다.
잠시 눈을 감아보자. 당신에게도 그런 노래가
있지 않은가? 기억하지 않아도 기억나는.
잊을 만하면 되살아나 그때의 감정과 느낌에
나를 바래다주는.
노래 하나면 우리는 사랑을 사랑하고,
슬픔을 슬픔한다.

듣기만 해도 그리움, 애틋함, 간절함… 깊은 감정을
끌어올려 준다. 각박한 현실을 버티느라
무수히 깎여나가면서도 소중히 품어왔던 것들을.
그건 마치 진주 같아서, 그렇게 내 삶의 한 조각이
예술이 된다.

오글거리고 촌스럽다고?
너무 진지한 것 같다고?
요샌 쿨한 게 유행인가 보다.
하지만 과연 정말 그런가. 잘 생각해 보시라.
난 인간이 감정적이라서 좋다. 그래야 인간답다.
게다가 그 감정을 아름답게 표현하는 방법을
우리는 분명 알고 있다. 누가 가르쳐주지 않아도.
예술을, 그런 이유로 우리가 사랑하는 것일 테다.
애써 기억하려 하지 않아도, 떠올리려 하지 않아도
생각나는 노래가 있다면 인생은 그 자체로 아름답다.
사치스러울 만큼.

내 곤궁했던 인생에서도 노래는 사치였다.
특히 작사는 가족의 생계를 지켜준 귀한 업이었다.

거기다 내가 운명처럼 사랑하는 시와 노래를
평생 쓰고 부를 수 있다니! 덤으로 그 속에서 얻은
값진 인연도 많다. 그중 어떤 이들은 고맙게도
다음 같은 말로 내게 친절을 베풀어주었다.

"그 한 구절이 그 시절 내게 위안이고 치료제였어요."

하루에도 수백 곡의 노래가 흘러나오는데
내가 작사한 곡이 그중 하나라도 있다면
내 아등바등 생계의 시간도
예술의 시간이 될 수 있다.
작사作詞, 노랫말을 짓는다는 건 그런 일이다.
온 힘을 다해 타인의 감정을 어루만져 주는 것,
이게 이 일의 보람이다.
자랑한 김에 꺼내보자면, 들었을 때
진짜 기분이 좋아지는 말이 또 하나 있다.

"나는 그 노래 가끔씩만 들어요, 타임머신 같아서."

자주 들으면 타임머신 효과가 덜 난다는
그 말의 의미를 나는 곧장 알아듣는다.
이게 곧 작사의 본질이다.
그 사람이 원하는 감정으로 보내주는 것.
그래서 그 사람의 시간과 공간, 세계를
다시 살 만한 곳으로 아름답게 만들어주는 것.
그리고 작사가란,
세심하게 고른 감각적 언어로
한 사람의 영혼이 닿고 싶어 하는 감정을
다시 반짝반짝하게 세공하는 사람이다.
그래서 저 칭찬의 말은 정말 정말 좋은 얘기다.
작사가로서 받은 극찬 중 극찬이다.
그만큼 귀하게 아껴 듣는다는 소리이기에.

〈왜 그래〉로 작사가로서 첫발을 내디딘 후
30년이 넘치게 흘렀다.
사실 작사라는 일에 대해 "이건 이렇습니다"
"작사는 이렇게 해야 합니다" 시원히 말하진
못하겠다. 그게 가능한 일도 아닌 것 같고.

한창 내 일 하느라 급급할 땐 확신이란 것도 없었다.

그러나 이젠 노랫말을 써온 경험이 쌓였고, 그 과정에서

내 노력에 대한 인정, 스스로에게 주는 행복도 쌓였다.

그러니 지금은 좀 편하게 "나는 작사를 이렇게

했습니다" 정도는 말해도 되지 않을까?

하나 분명한 건,

내가 쓴 노랫말을 가수의 목소리를 통해 들을 때,

나를 만나본 적도 없는 사람이 듣다가

자신의 첫사랑을 떠올리고, 소중한 기억을 떠올리고,

심지어 울기까지 한다.

그리하여 작사는 마술 이상의 요술이다.

단지 눈속임 마술이 아닌,

그 자체로 현실을 초월하는 요술.

아이러니하게도 그 요술은

그리 특별하지 않은 작사가만이 부릴 수 있다.

작사를 오래 할수록 보통의 사람으로, 보통의 시선에서

봐야 많은 이에게 감동을 줄 수 있다고 종종 생각한다.

작사가로서 내가 나를 위한 특별 대우를 생각하는 순간,

이미 특별할 게 없는 창작자가 되어버린다.

요술 방망이를 잃어버린 도깨비처럼.

본디 감정적인 존재들인 우리가 원하는 감정으로
다가갈 수 있게 간절히 요술 부리는 일,
내가 생각하는 작사다.
내가 사람들의 영혼에 가닿을 가장 아름다운 말을
들려드리려고 애쓰는 이유이기도 하고.
이 글을 읽는 시간만큼은 여러분도
그 놀라운 마법 속에 빠져들길 바란다.
시인이자 작사가로 30년,
사랑 노래로 먹고살았다.
나만 그런 줄 알았다. 아니었다.
다들 그렇게 살고 있었다. 사랑으로.
기댈 곳은 오직 사랑뿐이다.
오늘 지금 그대 외로움이 흘러넘쳤다면
지금 당신 곁의 그 사람에게 기대어 보자.
어렵다면 이 책에 기대어도 좋다.
뒤돌아선 당신의 등만 봐도
내 얼굴은 눈물 콧물 범벅이 되니까.

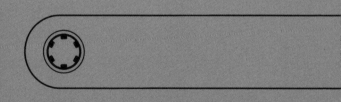

A-Side

내 앞에는 눈부신

희망만 있을 줄 알았지

Story

스스로가 시답잖던 시인

#1

왜 그래 / 김현철

맨 처음 내 감각과 마주했을 때

내게 감각이 있다는 걸 안 순간이 있다.

우리 때는 테이프 시절이었다.
누나한테는 이런저런 노래 테이프가 많았는데,
난 특이하게도 그 앨범 안에서 타이틀곡보다는
잘 알려지지 않은 수록곡을 더 찾아 들었다.
왜인지 그것들이 더 좋았다.
내가 노래를 흥얼거리면 정작 그 테이프 주인인
누나는 신기하다는 듯 물었다.

"태연아, 넌 이 노래를 어떻게 알았어?"

나중에는 꼭 그 노래가 히트했다.
그때 나는 '내가 이쪽으로 감각이 있구나'
눈치챘다.
물론 아무한테도 확인시킬 순 없었지만.
한번은 누나 워크맨을 몰래 학교에 가져가서 들었다.

· 내 앞에는 눈부신 희망만 있을 줄 알았지

'세월이 흘러가면 어디로 가는지…'

이문세라는 가수를 알지도 못하고
한 번도 들어본 적 없던 노래였는데,
첫 소절이 나오자 세상이 '싸악' 하고 사라졌다.
첫사랑도 안 해본 나이였다.
그 순간이 너무 감동적이었는데,
그다음 딱 드는 생각.

'난 왜 이렇게 못 쓰지?'

'어떻게 하면 이렇게 쓸 수 있지?'가 아니었다.
그런 건 대충 내가 비슷하게 따라 할 수 있을 것
같을 때 드는 생각일 테니까.
난 이문세의 〈난 아직 모르잖아요〉의 가사를
그대로 받아 적어봤다.
글로 적힌 가사를 보니 고개가 갸웃해졌다.
멜로디 위에 얹어진 노랫말에서 받은 느낌과는 전혀
달랐던 거다.

그렇게 노랫말은 글이 아니란 걸 알았고,
나에겐 좋은 곡과 가수가 없어서 저렇게
쓰지 못하는 거라며 스스로 위안 삼기도 했다.
그 후로 듣고 좋았던 가사는
다 써보는 버릇이 생겼다.
어쨌든 작사를 하고 싶다고 생각한 첫 계기를
얘기해 보라고 하면 난 늘 이 순간을 말한다.
물론 작사라는 업에 본격적으로 뛰어든 건
훨씬 훗날이지만.
장담하는데, 아마 한 번이라도 작사를
해보고 싶다고 생각해 본 사람이라면 분명
어떤 노래를 듣고 어쩔 줄 모를 만큼 감동받았던
자기만의 비밀스러운 순간이 있을 것이다.

눈 떠 보니 스타가 되다

나는 자고 일어나보니 스타가 돼 있었다.
첫 시집『넌 가끔가다 내 생각을 하지 난 가끔가다 딴

내 앞에는 눈부신 희망만 있을 줄 알았지

생각을 해』가 아마 1992년 1월 이십 며칟날
나왔을 거다. 당시 사격 선수였던 나는
중국 6개 도시를 돌며 중국 대학연맹 사격시합을
견학하던 중이었는데 출판사로부터 이 책이
베스트셀러가 됐다는 연락을 받았다.
그런데 어떤 이유에선지 난 이 시집이 잘될 줄을
이미 예감했다. 나중에 어떤 TV 프로그램을 보는데
거기선 촛불 다섯 개를 한꺼번에 끈다거나,
개미와 지렁이 중 누가 더 빠른지 여러 종류의 바닥
위에 놓고 겨뤄보게 하는 식의 희한한 실험들을
하곤 했다. 한번은 아주 크고 투명한 볼(워킹볼)
안에 사람이 들어가 있고, 이를 한강 위에서 굴리는
실험을 하고 있었다. 그 장면을 보고서 딱
내가 첫 시집을 쓸 때 같다는 생각이 들었다.

'시를 쓸 때 난 저 공 안에 들어가 있는 것처럼
살았구나.'

마치 커다란 공 안에 들어가 살고 있는 듯이

바깥과 단절되어 아무것도 안 들리고 안 보였다.
이 세상엔 오직 나와 시뿐.

"삶의 어떤 순간으로 돌아가 보고 싶어?"

누군가 묻는다면 나는 두 번도 주저 없이
무조건 거기다. 얼마나 재밌었겠는가.
내가 보고 듣고 읽는 모든 게 다 내 시이고
내 세상이었으니.
그때 내 시집은 순도가 100이다.
당시 내가 가진 감각의 모든 것이었다.
그리고 영원히 그럴 줄 알았다.
그런 이유로 당시 첫 시집이 베스트셀러가 됐다는
연락을 받고서도 크게 동요하지 않았던 거다.
하지만 스물둘 남자애는 겁이 났을 거다.
내가 더 잘 쓰고 못 쓰고는 다른 얘기고,
일단은 이 행복을 간절히 유지하고 싶었을 테니.

내 앞에는 눈부신 희망만 있을 줄 알았지

내 성공을 내가 무시했던

나한테는 두 번의 기적이 있었다.

첫 번째는 고등학교 때.

나는 사격 선수였다. 다른 아이들과는 달리,

꽤 늦은 고2 올라가면서부터 시작한 건데,

그해 마지막 시합 때 전국 꼴찌를 했다.

코치님이 심각한 표정으로 물었다.

"너 사격 말고 공부는 좀 해놨니?"

사격은 단체전이라 내가 끼면 종합점수가 깎이는

상황이었으니 코치님으로선 당연히 퇴출도

생각하셨을 거다. 그래서 코치님 얘길 듣자마자

"딱 한 번만 더 기회를 주세요"

절박하게 부탁드렸던 게 기억난다.

완전 삭발을 하면 반항한다고 뭐라 혼날 것 같아서

적당히 넘기면 수염처럼 만져지는 정도로

까까머리를 만들었다.

꼴찌를 한 뒤로 정말 눈 뜨면 총만 쐈다.

그러고 딱 넉 달 후, 전국대회 2등을 했다.

예선에선 1등을 했던 터라 전국대회 파이널 경기 때는

제법 의기양양하게 사격장에 입장했다.

예선 순위대로 1등, 2등, 3등, 4등…, 8등까지

차례로 들어섰다.

"원태연? 걔가 누구야?"

그 줄에 선 애들 모두 빠르면 초등학생, 늦어도

중학생 졸업 전에는 사격을 시작했을 거다.

그러니 대동상고 누구, 면목고 누구, 서울고 누구

하며 '다들 아는 얼굴이구먼' 할 정도로 이름도 낯도

익숙한 사이들일 텐데, 파이널에 올라가 봤더니

예선 1등에 웬 듣보잡이 서 있다고 생각했겠지.

그러고 걔가 최종 2등을 한 거다.

"원태연이 누군데?"

"운 한번 더럽게 좋네."

내 앞에는 눈부신 희망만 있을 줄 알았지

경기가 끝나고 매점엘 가도 화장실엘 가도
이런 말들이 들려왔다. 다들 우연이라고,
내 성적이 진짜 실력이 아니라고.
근데 그때까지 난 뭘 잘해본 적이 없어서
스스로도 그들의 말을 그대로 인정해 버렸다.

'이건 우연이겠구나.'

그러고는 진짜 그다음엔 목에 메달을
걸어본 적이 없었다(단체전까지는 아니더라도).
그런데 첫 시집이 잘되고 나서
그때와 똑같은 소리가 들려오는 거다.

"원태연? 그런 시인이 있어?"
"첫 번에 터지다니, 운이 참 좋았나 보네."

그러자 고등학교 때 생각이 났다.
내가 나를 스스로 무시해서
더 이상 이기지 못했던 사격 말이다.

갑자기 성질이 나서 내 시집을
내가 다시 미친 듯 읽었다.

'이렇게 쓰면 사람들이 좋아한다는 거지?'

더 독하게 써나갔다. 처음보다 사람들이
더 좋아할 수 있도록. 더 많이 읽힐 수 있도록.
그게 두 번째 시집『손끝으로 원을 그려봐
네가 그릴 수 있는 한 크게 그걸 뺀 만큼 널 사랑해』다.
아마 7080세대라면 이 시집을 읽진 않았어도,
한 번쯤 들어는 봤을 거다. 진짜 독하게 썼고,
그만큼 팔려나간 부수도 엄청났다.
하지만 그렇게 시 쓰는 스스로가 싫어져서
모든 걸 뒤로 하고 얼마 후 군대에 갔다.

나만 더 자라지 못하는 중닭이었다

어렸을 때 할머니가 병아리 여덟 마리를 사 오신 적이

있다. 그때 내가 상추를 작두에 썰어서 모이를 줬다.
근데 여덟 마리 병아리 중에서 유독 한 마리가
덩치가 컸다. 이미 중닭이었던 거다.
나머지는 조그맣고. 근데 나중에 이 녀석들을 잡을
때가 돼서 보니까 그 중닭은 처음보다 거의 안 크고,
나머지 일곱 마리는 훨씬 커져 있었다. 이상한
일이라고, 그땐 그런가 보다 하고 잊고 살았다.

대학교 2학년 때, 시집이 연달아 잘되고 나서
내가 다른 동기들과 같지 않게 느껴졌다. 그때 바로
저 중닭이 생각났다. 나 혼자만 너무 이르게
다 커버린 기분. 뭔지 모르겠는데 이상했다.
이건 아닌 거 같고.
근데 뭘 노력해야 할지 모르겠더라. 너무 답답했다.
그래서 군대를 간 거다.
그리고 내무반 구석에서 세 번째 시집
『원태연 알레르기』를 썼다. 이 시집에 들어간 시 중
〈파리〉라는 짧은 시가 있는데, 이 시집을
한 마디로 압축해 놓은 것이다.

'난다고 다 새냐

…킬…킬…킬'

딱 두 줄로 쓴 시다.

당시 나는 세상을 보는 눈이 이렇게나 날카롭고

삐뚤어져 있었다.

어쨌든 내가 인정할 정도로 날이 서서 썼던 시집은

딱 그 세 권까지다.

제대하자마자 나는 사회에서 환대받았다.

그 뒤로 낸 책들은, 나 자신에겐 미안하지만

그렇게 감성이 빳빳하게 서 있지 않다.

작사가로서의 첫 발

내게 조금이라도 재능이 있다면 이것일까,

나는 가사를 지금도 다 외운다.

마음에 와닿는 노래는 한 번 들으면

사진을 찍어놓은 것처럼 내 안에 각인된다.

가사뿐만 아니라 인상 깊은 말이나 장면도 포함해서.

어릴 땐 내가 이런 소질이 있다는 것도,

이런 걸 소질이라고 생각할 줄도 몰랐다.

그러니 누구에게 내가 이렇다는 걸 자랑도 못했다.

시집이 연달아 성공했지만, 멜로디 없는 시들을

쓰면서는 앞으로 나아가는 느낌을 받질 못했다.

발이 어디에 푹푹 빠지는 것처럼.

좋은 노래가 길에서든, 레스토랑에서든,

버스에서든 어디서든 자꾸만 들려왔다.

서점이나 도서관처럼 굳이 책이 놓인 곳에 가서

찾아봐야 하는 시와는 달랐다.

거리의 좋은 곡들이 자꾸만 마음을 들썩이게 했다.

시를 쓸 때마다 멜로디에 가사를 붙여보고 싶어 했던

그날들이 떠올랐다. 하지만 곡이 없으니

가사를 쓸 수가 없었다.

결국 시집을 쓰며 나도 모르게 품었던 마음들이

날 작사가로 만들어준 셈이다.

시는 일단 쓰면 그냥 그대로

허접하든 나이스하든 그걸로 끝인데,

작사는 멜로디가 있어야 하고 가수가 있어야 하고
이들이 서로 조화를 이뤄야 한다.
어떻게 보면 그래서 난 작사가가 된 내가 더
기특하다. 작사는 시와는 한 차원 다른 조건과 환경
그리고 노력이 필요한 거니까.
본격적으로 작사를 하게 된 계기는
군대에 있을 때 찾아왔다. 내가 군에 들어가기 전
《별이 빛나는 밤에》라는 라디오 프로그램에서
아르바이트한 적이 있었는데,
그때 작가 누나랑 꽤 친해졌다.
그 후 나는 시집 두 권을 냈고 도피하듯 군대를 갔다.
타이밍으로 보면 군대를 좀 늦게 갈걸 그랬나 싶다.
여하튼 그때가 현철 형님이 《김현철의 디스크쇼》를
할 때였다.
그가 〈달의 몰락〉으로 대히트를 치고 다음 작업의
작사를 고민하며 원태연이라는 시인을 찾았는데,
친했던 작가 누나에게서 입대 소식을 들었단다.
결국 나중에 말년 휴가를 나와서
현철이 형님을 만났다.

내 앞에는 눈부신 희망만 있을 줄 알았지

예비역처럼 얘기하자면, 나는 1995년 9월 27일
전역 신고를 했다. 택시 타고 집에 와서 부모님께
절을 드렸다. 여자 친구를 만나 소고기 등심을 먹고서
오후 5시께 스튜디오에 들렀다. 그날부터 현철 형님,
황세준 작곡가, 나 이렇게 셋이 작업을 시작했다.
그게 작사가로서의 내 첫 기억이었다.

첫 인연이 당신이어서 고맙습니다

작사가로서 내게 현철이 형님은 첫 인연이자
스승이다. 무엇보다 내게 자신감을 준 사람이다.
내가 쓴 가사를 보면 엉뚱한 어휘가 많다.
그걸 굳이 따지자면 이성적인 흐름을 따라
쓰기보다는 '왠지 그냥 쓰고 싶어서' 쓰는 경우들이
대부분이다. 그러다 보니 가사를 다 쓴 후 검토할
때가 돼서야 나조차도 '여기서 이런 말을 쓴다고?'
하는 생각이 들 때가 있다. 그때는 특히 더 나에 대한
확신이 약했는데, 그 이유는 여러 가지였던 것 같다.

어릴 때부터 좋은 곡들을 찾아 듣고 동경했다.
눈은 높아질 대로 높아져 이미 히트한 곡들을 들어도
'작사가 아쉽네'라며 후한 평가를 내리지 못했다.
그런 데다 사격도, 시집도 다들 운이라고 하는 말을
들으며 살아왔다. 자꾸만 내 확신이 휘둘렸다.
그렇게 자기에 대한 확신과 자신감이 바닥이던 내게
형님은 에너지를 가득 채워주었다.
예를 들어, 형님의 다른 노래 〈그럼에도 불구하고〉를
작업할 때 '네가 남의 여자가 됐다는 게'라는 부분을
쓰곤 스스로 의심이 돼서 그에게 물었다.

"'남의 여자' 이런 말을 노래에 써도 돼요?"
"그게 어때서? 와이 낫?"

그의 또 다른 곡인 〈나를⋯〉의 '우리 헤어진 뒤
세상살이 사는 동안' 이 부분의 가사도 들어보면
우리 일상에서는 자연스럽게 발화되는 말이 아닌,
어쩐지 이상하게 들리는 말이다. 그래서 이게 어떤지
형님에게 물으면 사람 좋은 웃음을 지으며

내 앞에는 눈부신 희망만 있을 줄 알았지

나 좋을 대로 하란다. 첫 작업을 할 때도
이런 말이 수천 개라 이대로 가도 되나 고민하는데,
그는 그때마다 길을 터줬다.

"혹시 '왜 그래'라고 써도 되려나?"
"너무 좋지!"
"그럼 '밥 먹어'도 돼요?"
"얼마든지! 마음대로 하세요."

그때 썼던 가사는 말장난의 끝이었다.
'도대체 왜 아무런 말도 없는 거야 / 미안해서
못 하는 거야 / 하기 싫어 안 하는 거야 /
도대체 왜 아무런 말도 없는 거야' 그러다가
마지막에 '이젠 할 말도 없는 거야'라면서 끝난다.
당시에 그는 음악계에서 입지가 뚜렷한,
말 그대로 '김현철' 그 자체였다. 나는 그가
내 스승인지도 모르고 〈달의 몰락〉 〈춘천 가는 기차〉
〈그대 안의 블루〉 등 전설 같은 곡들에 빠져 있으면서
형님의 작사 감각을 마냥 흡수했다.

작사뿐 아니라 우리가 인생을 살아갈 때
실력과 스킬보다 더 중요한 게 자신감이다.
앞의 것들은 시간이 흐르고 노력이 쌓이면 절로
따라오는 것들이고, 그렇게 되기 위해 필요한 게
계속해도 된다는 자신감이니까.
첫 작사 작업을 하는 과정에서 나는 그 자신감을
같이 채웠기 때문에 아주 행운이 따랐던 경우다.
그걸 곡 작업이 마무리되면서 비로소 알았다.

'내가 자연스럽게 배웠구나, 그 사람한테서.'

그 겨울, 감자탕집에서

〈왜 그래〉 가사를 완성하기까지는
제대한 날로부터 딱 석 달 걸렸다.
시인으로 먼저 유명해졌던 내 이력을 아는 사람들은
보통 내 첫 작사가 발라드였을 거라 짐작한다.
그걸 보면 이 곡을 내게 맡겼던 형님은 역시

내 앞에는 눈부신 희망만 있을 줄 알았지

꽤 날카롭고 비범한 점이 있는 것 같다.

현철이 형님, 황세준 작곡가, 나 셋이 앉아 감자탕을
먹으면서 툭툭 던져가며 가사를 만들었다.
작곡가들이 앞에 있으니 멜로디는 머릿속에 다
박혀 있었다. '빠—밤빰빰' 하는 도입부 멜로디는
지금 들어도 유쾌하다.

"우리도 가사에 '그럼에도 불구하고' 이런 말 써볼까?"
"그거 어디서 쓰였는데요?"
"카이사르도 '브루투스 너마저!' 하고는
'그럼에도 불구하고' 그랬잖아."

일처럼 장난처럼, 자연스러운 분위기에서 작업했던
게 엄청나게 재미있었다. 피카소는 말했다.

"모든 창작자의 창작물은
발표할 때마다 히트해야 한다."

이 말이 내겐 이렇게 해석된다.

어린아이한테 "잘한다, 잘한다" 해주면
편견을 뛰어넘어 정말 대단한 걸 해내지 않던가.
창작자들도 꼭 이런 아이들 같다. 주변의 끊임없는
칭찬이나 성공 경험이 주는 자신감이
창작으로 이어지는. 겉으론 안 그런 척하지만.

"내 책상의 모든 물건은 다 제자리에 있다."

역시 피카소의 말이다. 아이들을 가만 보면
장난감이든 물건들을 어질러 놓는 데 거리낌이 없다.
뭐가 어디 있는지 잘 알지도 못하지만
전혀 불편해하지 않는다. 그런데 엄마가
"이러지 마, 저러지 마" 혼내기만 한다면
아이는 "왜 그러지 말아야 해?" 선뜻 묻지 못한다.
대개는 혼날까 봐 무서워서 그냥 치운다(물론 나는
엄마한테 "왜?" 이래서 많이 맞았다).
창작자는 어떨까.
기가 죽어서는 결코 히트할 만큼 높은 수준까지
창작할 수가 없다.

내 앞에는 눈부신 희망만 있을 줄 알았지

그가 뛰어오를 곳에 한계선을 정해주어선 안 된다.
상자에 갇힌 벼룩처럼 절대 그 이상을 뛰어넘으려
하지 않게 되니까. 오히려 자기 세계를 넓게 펼쳐내고
마구 어지럽힐 수 있게 독려해야 할 판이다.
작사가도 예외 없다. 작사가는 보편적 공감을
끌어내기 위해 타인의 목소리에 귀 기울이는
수동적 창작자이면서도 그들의 귀를 사로잡기 위해
새롭고 감각적인 언어를 잡아채는 능동적 창작자다.
수동적이면서도 능동적인 작업 과정에
딜레마를 느낄지언정, 어린아이 같은 돌발성과
호기심으로 자기만의 것을 세상에 내놓는 데까지가
작사가의 역할이다. 기는 물론이고
귀까지 살아 있도록 배려하는 게 중요한 이유다.
부끄러운 얘기일 수도 있지만,
사실 난 그토록 숱하게 내 책의 쇄를 찍었지만
오타를 찾아도 그걸 고쳐 달라고 요청한 적이
한 번도 없다. 내 손을 떠난 다음엔 건드리지 않는
편이다. 정확한 이유를 설명할 순 없지만
그냥 처음과 달라지는 게 싫다. 따지고 보면 그렇게

큰일 날 정도로 나쁜 오타도 없고. 확실히 나는,
그때는 그게 제자리였다고 믿는 쪽이다. 처음에 그걸
썼던 그 감각을 유지하고픈 욕구일지도 모르겠다.
어쨌든 내겐 타고난 감각이란 게 있었고,
심지어 갓 제대해서 자유가 된 몸이었다.
무엇보다 작사가로서 처음 경험한 작업에서
뭐든 내가 쓰는 족족 좋다고 해주고 돈도 주다니….
'나만 더 자라지 못하는 중닭'이라고
스스로를 시답잖게 여겼던 스물다섯 살 대학교
남학생이라면 그게 얼마나 신났을까.
글이나 말을 던지는 대로 다트처럼 탁탁 꽂히는
짜릿함. 심지어 등 뒤로 장난처럼 던졌는데도
잘 꽂히는 그 기분!
청년 급제는 인간의 3대 재앙 중 하나라는 말이 있다.
물론 이른 성공에 대해서는 경계하는 편이
더 바람직하다는 건 내가 몸소 증명한 것 같다.
근데 거짓 겸손을 떨지 않고 말한다면,
그때 나는 감각에 날이 서 있던 것 같다.
현철 형님과 장난스럽게 툭툭 주고받듯 작사하던

내 앞에는 눈부신 희망만 있을 줄 알았지

그 과정이 이후 내 창작의 중요한 밑거름이 됐다. 당시엔 잘 몰랐지만. 작사하다 보면 내 머릿속에 아무렇게나 널브러져 있는 숱한 말들을 마구 뒤지고 꺼내고 하느라 바쁘다. 그러다가 문득 외로워지면 저 때 시절이 생각나면서 새삼 느끼곤 한다.

'그 두 사람이 나한테 준 건 자신감이구나.'

감각에 관한 단상

이건 내가 감각에 대해 오랜 고민 끝에 결론을 내본 얘기다. 아무래도 예술 계통에 있다 보니 타고난 감각이나 재능에 대한 이야기를 많이 들어서일까. 우선 감각이라는 건 무정형이다. 고정되어 있는 무엇이 아니란 의미다. 가령, 촬영 감독에게 '유독 카메라에 대한 감각이 있다', 배우에게 '감각적으로 연기 하나만큼은 끝내주게 한다'라고 말하는 것처럼 그렇게 정해진 것이 아니라,

우연한 기회를 만나 그에 맞게 실체화된다는 의미다.

이렇듯 무정형의 감각은 태어날 때 선물처럼 받는다.

그러니 어떤 분야에서 감각이 발현할지에는

우연이 크게 작용한다. 그래서 타고난 감각을

유지하고 활용하는 일은 각자의 환경 속에서

그것을 어떻게 찾고 계발할지에 달렸다.

내가 시를 쓰고 노랫말을 짓도록 이끌어준 건

분명 '언어 감각'이라 부를 어떤 고정된 형태의 감각은

아니다. 다만 내가 받은 감각이 우연히

시에 뿌리를 내렸다. 그리고 시를 쓰며 더욱 충만해진

나의 감각을 당대 음악계의 맨 꼭대기에서

한 획을 그은 사람이 원했을 뿐. 그래서 몇 번의

테스트를 치렀고, 승부수를 던졌고, 그게 너무도

잘 맞아떨어졌다. 내게 감각이란 것은 시를 쓰고

작사를 하면서 비로소 존재감을 드러냈다고 할까.

그때만 해도 나는 누구나 자기만의 감각이

뿌리 내릴 곳을 어렵지 않게 찾고, 끝내는 그것을

원만히 피워내는 게 자연스러운 세상의 이치라고

생각했다. 하지만 그게 아니란 걸 알게 되기까지

내 앞에는 눈부신 희망만 있을 줄 알았지

그리 긴 시간이 걸리지 않았다. 이제는 내게 주어졌던
우연이 얼마나 오묘하고 희귀한 것이었는지 안다.
창작자들에겐 냉정하고 잔인한 얘기로 들릴 수
있지만, '내 곡' '내 감각'의 기준은 좀 엄격할 필요가
있다. 사실 〈왜 그래〉 가사는 김현철이라는 사람이
나에게서 끌어낸 감각이다.
이건 내 감각을 일깨워준 우연에 대한 예의 차원의
고백이기도 하다. 그렇기에 더욱 이 작품은
온전히 내가 내 감각으로 했다고는 말할 수가 없다.
물론 그 이후로 가사를 쓸 때 어떻게 썼는지,
그 상황이나 방법… 이런 것에 대해서는
한 시간도 더 떠들 수 있다.
하지만 〈왜 그래〉 가사를 어떻게 썼냐고 물으면
어쩐지 대답을 잘 못 하겠다.
다만 하루는 현철이 형님과 감자탕집에서
작업을 마무리하고 나오는데,
그 겨울의 공기가 너무 기분 좋게 차가웠다.

'하느님 감사합니다.'

저절로 신께 읊조렸다. 그때 내가 작사했던
현철이 형님의 두 곡이 다 히트를 했다.
배우 황정민 씨의 수상 소감처럼 '숟가락만 얹었다'
수준도 아닌, 그보다도 훨씬 더 완벽하게 짜인 판에
정말 '손가락'만 걸쳤을 뿐인데,
'작사가 원태연'이 된 거다.
무엇보다 "〈왜 그래〉는 지금 나와도 전혀 촌스럽지
않다"란 말을 들을 때, 아직까지도 정말 좋다.
그런데 이 말은 현철이 형님과 함께 기분 좋아야 할 것
같다. 내게 노랫말 짓는 타고난 감각이 있었다면
그때 그 사람에게 닿았기에 그것이 뿌리를
내릴 수 있던 거니까. 그 덕분에 자신감을 채웠고,
창작에서 자신감이 무엇보다 중요함을 알았다.
이후로는 스스로 자신감을 채우는 일도 제법 해냈다.

내가 나 스스로 성공을 무시도 해봤고,
내 글에 스스로 성질 나본 적도 있던 나였기에
그를 만난 일이야말로 내 인생에서의
진짜 좋은 우연이고 행운이었다.

왜 그래

작곡 김현철 · 황세준
작사 김현철 · 원태연
노래 김현철

왜 그래 무슨 일 있었어
너의 얼굴이 말이 아냐 말해봐
왜 그래 나쁜 일인 거야
나랑 눈도 맞추질 못해 지금 넌

도대체 왜 아무런 말도 없는 거야
미안해서 못 하는 거야
하기 싫어 안 하는 거야

도대체 왜 아무런 말도 없는 거야
내가 알면 안 되는 거야
이젠 할 말도 없는 거야

왜 그래 그렇게 어려워
뭘 좀 먹으러 갈까
일단 나갈까 얘길 해
왜 그래 뭘 하자는 거야
참는 데도 한계가 있어 알겠니

도대체 왜 아무런 말도 없는 거야
미안해서 못 하는 거야
하기 싫어 안 하는 거야

도대체 아무런 말도 없는 거야
내가 알면 안 되는 거야
이젠 할 말도 없는 거야

(그만 만나!)

도대체 왜 아무런 말도 없는 거야
미안해서 못 하는 거야
하기 싫어 안 하는 거야

도대체 왜 아무런 말도 없는 거야
내가 알면 안 되는 거야
이젠 할 말도 없는 거야

도대체 왜 아무런 말도 없는 거야
미안해서 못 하는 거야
하기 싫어 안 하는 거야

삶의 반칙선 위에서

#2

내 입술… 따뜻한 커피처럼 / 샵

형이 쓰는 예쁜 시처럼 써줘

작사가의 직업병, 가장 큰 스트레스는 뭘까?
내가 못 써서 채택이 안 될지언정, 이 노래는
다른 작사가의 가사를 입고서라도
분명히 세상에 나온다는 거다. 다시 말해,
내게 의뢰 들어온 곡이 내가 가사를 잘 쓰지 못했다고
해서 세상에 안 나오는 경우는 거의 없다.
그게 히트까지 치면 매일 같이 여기저기서 들려오는
노래에 자괴감에 빠지기 딱 좋다.

"형! 시처럼 써줘. 형이 쓰는 예쁜 시처럼."

〈내 입술… 따뜻한 커피처럼〉 박근태 작곡가가
처음부터 정확히 이렇게 주문을 해왔다. 알다시피,
결과적으로 이 곡은 다행히 크게 히트했고
샵의 대표곡이 됐다. 20년이 더 지난 지금도
다른 가수들이 빈번하게 커버해 부르는,
소위 Y2K 명곡으로 꼽히고 있으니.

내 앞에는 눈부신 희망만 있을 줄 알았지

하지만 나는 이 곡을 쓸 때 굉장히 스트레스를
받았다. 살다 보면 모든 조건이 다 잘 갖춰져 있어서
도리어 어려울 때도 있다. 이 곡이 딱 그랬다.
가이드를 들었을 때 딱 드는 생각은
곡이 참 예쁘단 거였다. 처음 듣는 스타일이었다.
오죽하면 작곡가에게 물었을까.

"너는 곡을 왜 이렇게 잘 써?"

얘길 들어보니, 아버지 친구분이 음악다방을 하다
그만두면서 LP판을 그의 아버지한테 다 줬단다.
그래서 어려서부터 자연스럽게 팝을 들어왔다고.
그러니까 그 정도로 멜로디가 신기했다.
세련되면서도 대중적이어서 귀에 딱 꽂히고.
이렇게 예쁜 곡을 부를 가수는 당시 한창 상승세인
혼성그룹 샵이었다. 깨끗하고 맑은 이미지였는데,
당시에 샵과 같은 캐릭터를 가진 그룹이 없었고,
그 신선함이 참 좋게 느껴졌다. 그리고 이전 앨범이
잘돼서 꽤 좋은 상황이었다.

문제는 나에게 있었다. 일단 이 그룹이 이 노래로
연이어 성공해야 한다는 데 부담이 컸다.
샵의 신선하고 독자적인 매력은 반대로 말하자면
그만큼 작업에서 시행착오의 부담을 안아야 한다는
뜻이기도 했다. 멜로디만 존재하는 상태에서
노랫말의 물꼬를 터줄 힌트가 되는 건
가수의 캐릭터가 거의 유일한데,
요즘 아이돌처럼 캐릭터가 명확한 것도 아니고
오히려 그 신선함을 위해 새로운 뭔가를
입혀줘야 할 판이었다.
거기에 또 작곡가는 시처럼 써달라니.
이 곡의 장르는 팝이어서 보편적이고 일상적인 단어,
한마디로 듣는 사람을 많이 넓혀 생각하고 써야 하는
노랜데 말이다.
그렇지만 그 모든 것을 떠나 가장 결정적인 난점은
바로 듀엣곡이라는 점이었다.
그때까지 나는 남녀 듀엣곡을 써본 적이 없었다.

내 앞에는 눈부신 희망만 있을 줄 알았지

결국엔 제 이름을 찾아간다

실제로 이 곡은 어떻게 써야 할지 끙끙 앓다가
마감 기한을 한참이나 못 지켰다. 답도 없이 헤매고
있음에도 날 기다려준 고마움을 이루 말로 할 수 없을
정도로. 작사가가 작곡에 밀리는 순간, 이걸 안 쓸
수는 없고. 이게 정말… 글을 쓰면서도 스스로 '이거
너무 이상한데…'라고 느끼는데 그렇다고 포기해서도
안 될 때 그 출구 없는 막막함에 내 페이스마저
잃어가고 있었다.
하지만 작사가는 곡을 받은 후에 절대
"이건 못 쓰겠다" 퇴짜 놓을 수가 없다. 그러는 사람도
못 봤고, 그러면 안 되는 거니까. 이건 기획사,
가수에 대한 예의 문제와는 별개로 작사가라는
직업적인 면에서도 기본적인 문제다.
가끔 이렇게 일에 진척이 없는 상황이 생기면
제작자에게 전화해서 "혹시 다른 작사가에게도
보냈나요?" 물어보고 싶은 마음이 솔직한 심정인데,
특히 이 곡이 그랬다.

그런데도 결국엔 잘 마무리가 되고, 결과도 좋았으니
지금 와서 생각해 보면 얼마나 다행인지 모른다.
그리고 〈내 입술… 따뜻한 커피처럼〉은
내가 써준 제목이 아니다. 내가 처음에 뭐라고 지어
보냈는지는 기억도 나질 않을 정도로 이 제목이
너무 좋다. 채택된 가사에 내가 보낸 제목 대신
다른 제목으로 결정되는 경우, 제목은 결국 자기에
꼭 맞는 이름이 붙게 마련이라는 생각을 종종 한다.
기분이 나쁘지 않으냐 묻는 사람도 있는데,
내 나름의 위안이 있다.
내가 이 노래가 하려는 이야기를 충실하게 써냈기에
그 곡이 자기 이름을 찾아간 거라는 생각이다.
사실 내 이름도 처음엔 '원천년'이 될 뻔했다.
집안에서 쓰는 돌림자 때문이다. 하지만 결국
'원태연'이라는 이름이 원래 내 것이었던 듯
꼭 맞게 찾아갔다. 내가 곡에 밀려 방황한 것도,
내 이름이 천년이가 될 뻔한 것도 다 반직선 위의
사건일 뿐이다. 노래 제목도 운명도 인연도
세상의 모든 건 다 제 길을 찾아가는 게 아닐까.

내 앞에는 눈부신 희망만 있을 줄 알았지

영화처럼 드라마처럼

막막해하는 시간이 길어질수록 머리도
멈춰버린 듯했다. 원래 나는 작사하는 도중에는
영화나 드라마를 잘 안 보는 편이다.
그 시기에 잘 만들어진 다른 작업물들을 접하다 보면
자기를 스스로 더 못 믿고 갈피를 못 잡다가
자칫 자존감까지 낮아지니 말이다.
그런데 이 작업을 할 때는 예외적으로
영화를 많이 봤다. 내게 요청했던 모든 걸 싹 맞춰서
잘 해내고 싶은 욕심이 컸다.
마침 영화 OST 〈그대 안의 블루〉가 엄청나게 히트를
쳤다. 듀엣곡을 해본 적이 없었으니, 공부한다는
마음으로 열심히 들었다. 이 곡은 현철이 형님이
혼자 작사, 작곡을 했기 때문에 남자와 여자의
감정이 자연스럽게 하나로 이어지는 느낌이었다.
이미 정해진 멜로디 위에 나중에 가사를 얹어야 하는
나로선 이런저런 조건들을 따지느라 이처럼 제 곡에
꼭 맞는 가사를 쓰듯 투명하게 쓸 수 없었다.

일단 내가 할 수 있는 최선은 큰 지도를 먼저
그리는 거였다. 두 화자 중 한쪽을 먼저 설계했다.
앞에 들어갈 랩 부분인 남자의 말부터 써 내려갔다.

'살아가면서 누구나 겪는 일이야 / 어른이 되는
단지 과정일 뿐이야'

이건 작사가인 내 편의를 위해 쓴 것이기도 하다.
이렇게 앞부분 내레이션이 먼저 만들어져 있어야
다음에 나올 여자의 감정을 더 자연스럽게
말할 수 있을 테니까. 남자의 마음에 이입해
'나는 네가 밟고 걷는 땅이 되고 싶었다'라고 썼다.
이별을 대하는 남자는 흔들리지 않고 꽤 성숙했다.
그렇게 감정이입을 하니 이번엔 여자가 많이
슬퍼해야 할 것 같았다. 그렇다면 애달프게
'제발 이러지 말아요. 끝이라는 얘기'라고 가볼까.
이렇게 쓰다 보니, 사랑하는 마음을 절절히 늘어놓는
유행가가 아니라, 차라리 드라마에 가까운 걸
쓰고 있음을 깨달았다.

내 앞에는 눈부신 희망만 있을 줄 알았지

평소에 강은경 작사가가 쓴 〈가질 수 없는 너〉와 같은
서사적 작법을 동경했었다.
하지만 이야기를 풀어내는 스타일은 어쩐지
나는 잘 해내지 못할 거란 콤플렉스가 있었는데,
이 곡은 '나도 서사를 쓸 수 있네'라며 그 벽을 넘어본
첫 경험이었다. 마침 이 곡의 세련된 느낌과도 어울려
이 드라마를 더 살려보기로 했다.

슬프지만, 마냥 슬프지만은 않은

작사가들은 당대 사회 분위기를 이해하는 게
가사 쓸 때 도움이 된다. 그때 유행하는 콘텐츠들의
감정선을 알고 그보다 살짝 앞에 가 있어야 한다.
그래야 대중에게 자극을 줄 수 있으니까.
당시엔 배우 박신양, 전도연 주연의 영화 《약속》,
조성모 씨가 부른 〈아시나요〉와 같은
극단적인 슬픔의 기조가 있던 때다. 지금 보면
어쩐지 신파처럼 촌스럽게 느껴질 수도 있겠지만

그땐 박신양 씨가 "이 사람을 만나고 사랑하고
홀로 남겨두고 떠난 게 가장 큰 죄일 것입니다"
이런 대사를 영화에서 진짜로 내뱉고
관객들이 이에 감동받던 시절이다. 물론 이 노래는
그보단 감정을 많이 절제하긴 했지만.
어쨌든 그래서 가사의 분위기를 비극으로 맞췄다.

"편하게 형처럼 써줘. 우리가 맞출게."

그때는 보통 '따따땃따 땃따 따따땃따 땃따' 이런
식으로 글자 수를 딱 맞춰주는 가이드가 아니었다.
'랄랄라' 식으로 흘려 부르는 가이드가 들리는데,
그 자리에다 딱 맞춰 가사를 쓰려면 상당한 기술과
시간, 전문성이 요구됐다. 그래서 특히 랩이 들어갈
때는 내가 그 자리에 에세이처럼 줄글 가사를 써주면
내가 세세하게 체크하기 어려운 라임, 글자 수를
래퍼가 맞춰주는 식으로 작업했다(요즘 래퍼들은 이런
식으로 일하는 경우는 거의 없다).
그렇게 드라마의 분위기가 잡히자, 이제 본격적으로

내 앞에는 눈부신 희망만 있을 줄 알았지

이별을 앞둔 남녀의 이야기를 쭉쭉 써나갔다.

그런데 이 노래는 들어보면 슬픈 멜로디가 아니다.

차라리 봄 햇살같이 밝다.

이 노래를 듣고 슬퍼하는 사람도 별로 없지 않을까?

그렇다고 막 흥겹고 신나는 스타일도 아니다.

그게 이 노래가 매력적이고 여전히 촌스럽지 않게

느껴지는 이유다.

사실 내가 자신 있게 비극을 선택한 이유는

멜로디 때문이기도 하다. 곡이 세련되고 신선한

느낌을 주려면 선명한 대비가 있으면 좋겠다고

생각했다. 처음 들었을 때 슬프다기보다 밝고

감미로운 느낌이 드는 곡이었다.

그렇기에 오히려 가사는 조금 슬퍼져도

괜찮지 않을까 생각했다. 상황은 빤하도록

비극적이지 않은가. 여자 입장에선 '나는 죽을지도

몰라요'까지 갈 정도로.

비극적인 애절함을 담은 정통 발라드와 달리,

곡의 밝음이 그런 서사를 신파처럼 느껴지지 않도록

조화가 좋았다.

감정이입도 훈련이다

속된 말로 작가를 '구라', 화가를 '뻥기',
작곡가를 '딴따라' 이렇게 부른다.
소설가 황석영 씨 같은 경우는 별명이 '황구라'다.
그만큼 작가는 거짓말에 능숙해야 하는 법.
우리네 인생이 아무리 많은 희로애락을 접해봤다
한들 결국 한 사람의 인생 안에서 벌어지는 일일
뿐이지 않은가.
작사가에겐 언제 어떤 곡이 의뢰가 올지 모르는
일이다. 남자 아이돌, 여자 발라드, 굵직한 원로
가수의 성인가요…. 내가 살아온 하나의 인생만
가지고 쓴다고 하면 이걸 다 어떻게 쓰겠는가.
결국 작사가에겐 언제든 꺼내 써야 할 재료 주머니가
필요하다. 〈내 입술… 따뜻한 커피처럼〉을 작업할 때
내 구원투수가 되어준 건 '거짓말 일기'다.
지금은 나이 먹었다고 뜸하지만,
예전엔 거짓말 일기를 꽤 많이 썼다. 이게 뭐냐면
'나는 오늘 거짓말로 일기를 써봐야지' 하고서

내 앞에는 눈부신 희망만 있을 줄 알았지

내가 다른 어떤 사람인 것처럼 상상하여
그의 입장으로 일기를 써보는 거다.
처음엔 이틀 이상 쓰기가 힘들다. 민망하고, 왜 써야
하는지도 모르겠고, 쓸 소재도 생각이 안 나고.
그래서 나는 일단 영화나 드라마를 보고 그 주인공들,
좀 더 발전하면 그 주변 인물들의 시선에서
일기를 썼다. 가령 〈일곱 번째 난쟁이 코코〉라는 시는
이렇듯 거짓말 일기를 쓰다가 발전된 형태다.

'왜 백설 공주는 그따위로 그랬을까?
난쟁이들은 어떻게 하라고?'

이런 상상에서 시작했다. 근데 일곱 난쟁이 마음을
다 쓸 수 없어서 일곱 번째 난쟁이한테만
이름을 붙여줬다. 이 '코코'라는 난쟁이의 시점에서
써보는 거다.

'코코의 마음은 사실 그렇지가 않다'

시의 첫 줄을 써놓으니까 그럴듯하다.

코코가 백설공주를 그리워했으면 별로
재미가 없었을 것 같았다. 처음 보는 왕자한테 고작
키스 한 번 받았다고 그렇게 훅 우리 모두를
떠나야 했을까? 코코의 입장이 되어보니
자연히 이런 생각이 떠올랐었다.

또 내가 쓰면서도 이거 정말 잘 썼다 싶던
거짓말 일기가 있다. 심한 폐병에 걸린 한 여자를
사랑하는 남자가 있다. 만원 버스를 타고 가는데
여자가 심한 기침을 토해낸다. 탁한 기침 소리 때문에
버스 안 다른 승객들이 찡그리며 그녀를 쳐다본다.
그때 이를 지켜보는 남자의 입장이 되어 그 난감하고
불편한 마음을 거짓말 일기로 써봤는데,
정말 그 사람이 된 듯 줄줄 써졌다.
가슴이 절절하게 잘 써지긴 했는데…. 아, 부끄러워서
결말은 비밀로 하련다. 어쨌든 이토록
얼굴이 확 달아오를 정도로 딴 사람에게 감정이입을
해 보는 것이 바로 거짓말 일기의 묘미다.
〈내 입술… 따뜻한 커피처럼〉의 여자 파트를 보자.

'나를 많이 알잖아요' '꿈에서라도 싫어요'라니,
솔직히 어디 30대 아저씨가 쓸 만한 가사란 말인가?
이게 다 거짓말 일기를 쓰며 숙달된 감정이입 덕분에
내가 어린 여자의 마음속으로 녹아들 수 있었던 거다.
한번은 배우 하지원 씨와 드라마 《시크릿 가든》이
끝나고 소주 한잔을 같이 마신 적이 있다.

"〈그 여자〉를 듣고 놀랐어요. 원 작가님,
어쩜 그렇게 여자처럼 가사를 쓰셨어요?"

궁금증을 못 참겠다는 듯 반짝이는 눈망울이
더 반짝였다. 나는 곰곰이 생각하다가
"혹시 연기할 때 접신하지 않으세요?" 되물었더니
"아!" 하고 바로 알아차렸다.
그때 문득 내 사격 선수 시절이 떠올랐다.
이게 그냥 접신하고 싶다고 해서 바로 되는 건 아닌데
나는 어떻게 그 순간을 맞을 수 있었을까
하는 생각과 함께. 그러니까 운동선수들이 흔히
"훈련을 시합처럼, 시합을 훈련처럼"이라고 하는데,

그와 마찬가지 아닐까?
배우들이 여러 배역을 거치며 충분히 연습하는
것처럼, 주어진 감정에 훅 들어가는 것도
꾸준한 훈련으로 찾은 자기만의 답일 수 있겠다고.

빈 주머니를 채우는 법

무언가를 창작하는 사람이라면 응당
'오늘도 열심히 하루를 살았습니다'란 근거를
남겨야 한다. 특히 작사가, 작가는 세상에 무언가를
내보이기 전까지는 이 사람이 놀고 있는지,
일을 하는 건지 아무도 모른다. 심지어 자신도 "내가
대체 뭘 하고 있지?" 자괴감 들기 딱 좋은 직업이다.
그러니 내가 내게 좋은 평가를 해줄 구실도 마련하고,
매일의 고요한 삶에 대한 안심을 얻으려면
하루에 한 번씩은 무엇인가를 꾸준히 해야 한다.
거짓말 일기가 쌓이면 어떤 작업이 들어온다고 해도
겁나지 않는다. 하물며 동요, 찬송가가 들어와도.

내 앞에는 눈부신 희망만 있을 줄 알았지

이걸 나와 곡의 기싸움이라고 본다면,

일단 기부터 죽고 들어가면 안 될 일이다.

그렇지만 거짓말 일기를 쓴다는 게 그리 쉽진 않다.

없던 일을 내 일처럼 상상해서 무언가를 쓴다는 건

쓰면서도 자꾸 스스로 의구심을 던지게 만든다.

민망하기도 하고. 그럴 때 답은 간단하다.

언제 올지 모를 작사의 기회를 붙잡기 위해

미리 철저히 준비하는 거라고 마음을 다잡는 수밖에.

그러면 거짓말 일기는 어떻게 시작하면 좋을까?

거짓말로 꾸며내야 하니 소설처럼?

아니면 울림 있는 시처럼?

사실 거짓말 일기를 이렇게 완전한 형식이나

스토리를 갖춘 글로 쓰기는 어렵다.

시는 점 하나 찍기가 힘들다. 또 단어 하나하나에

힘을 실어줘야 한다. 한 음절도

허투루 들어갈 수 없는 게 시니까.

소설처럼 쓰기는 더 어렵다. 기승전결이 있는

아주 긴 호흡의 서사를 그려내야 해서

일단 쓸 생각만으로도 막막하다.

근데 에세이는 편안한 호흡으로 써나갈 수 있다.

생각나는 대로 줄줄 편하게 쓰면 된다.

그렇다면 거짓말 일기를 에세이처럼 써야 할까?

그것도 아니다. 쓰는 사람의 솔직한 생각과 감정을

담는 것이 에세이의 본질이기 때문이다.

순전히 남의 상황인데 내 경험을 바탕으로 한

에세이를 쓸 수도 없다는 뜻이다.

그래서 노랫말의 재료 주머니로서 거짓말 일기를

쓸 때 나는 시와 에세이, 단편소설 도입의 특징을

합친 스타일로 쓴다. 일기 하나당 종이 한 바닥에서

한 바닥 반, 딱 이 정도. 구체적 그림은 그려지면서도

이 분량이면 매일 편하게 쓸 수 있다.

내가 보증하는데, 이렇게 거짓말 일기를

두 달만 써보면 다음 작사 작업을 할 때

확연히 달라짐을 스스로 느낀다.

첫 번째, 거짓말에 익숙하게 된다.

두 번째, 적당한 단어와 표현들이 떠오른다.

실제로 작사 작업할 때 그 화자의 감정 속으로 쏙

이입될 거라는 소리다.

내 앞에는 눈부신 희망만 있을 줄 알았지

이게 바로 작사가의 무기가 되는 일종의 '주머니'를
채우는 방식 중 하나다. 쑥스럽단 생각이 들겠지만,
그게 맞다. 타인의 감정으로 쑥 들어가 보는 거다.

비극을 아름답게 만드는 법

내가 처음 가사에 붙인 '에세이'에는
어른스러운 남자가 등장했는데, 뒤이어 이지혜 씨가
불러줄 여자 파트를 써야 했다. 이지혜 씨는 그때도
역시 노래를 잘했고, 목소리 톤이 당대 가수 중에서
독보적으로 맑고 청아해서 참 듣기 좋았다.
확실히 이지혜 씨가 부른 파트의 가사는 아저씨인
내가 쓸 법한 말은 아니다. 하지만 그때 뭔가
내 안으로 쑥 들어왔는데, 바로 어떤 앳된 여자가
울고 있는 모습이었다. 오글거릴 수도 있지만,
너무 이입된 탓에 쓰다가 울기도 했다. 창피해서
뒤도 돌아봤다. 혹시 누가 봤을까 싶어서.
이걸 비극으로 쓴 이유는 앞서 말했듯

전형적인 이별 노래를 하면서도 밝은 멜로디를 가진 곡의 세련됨을 살리고 싶었고, 시대적으로 절절한 비극이 공감을 얻던 사회 분위기의 영향도 컸다. 무엇보다 내가 비극을 쓰는 데 자신 있어서였다. 슬프고 애절한 이야기는 평타 이상은 쓸 수 있다는 자신감이 있었다. 이건 우리 연애 전략과도 일맥상통한다. 내가 좋아하는 사람을 만나러 갈 때는 입는 옷이나, 머리 스타일 등이 평소와 다르다. 아무래도 제일 자신 있고 돋보일 수 있는 걸로 무장하고 나가게 되는 법.

내가 비극 중에서도 특히 잘하는 건 남자를 슬프게 만드는 거다. 일곱 번째 난쟁이 코코처럼.

내 무기는 하나 더 있었다. '뉘앙스'라는 디테일이었다. '나는 네가 밟고 있는 땅이 되고 싶어'가 아니라 '되고 싶었어'를 쓰는 것. 사랑하지만 이별을 고해야만 하는 남자가 여자에게 들려주고 싶은 말은, 헤어져서 슬프다는 게 아니라, 사실 너에게 무엇이 되어주고 싶었다는 마지막 사랑 고백이었다.

'너를 죽을 듯 사랑했다' '반대 때문에 헤어지게 돼서 가슴이 너무 아프다'라는 식의 직접적인 슬픔은 너무 뻔하게 들린다. 남자는 당장의 이별을 맞는 자기 감정에 취하지 않고 절제한다. 대신 여전한 사랑의 마음을 과거형으로 표현해 그것을 영영 변하지 않을 완료된 상태, 영원한 것으로 박제한다. 간접적이지만 이보다 뜨거운 고백이 있을까. 잔혹한 운명 앞에 비장미가 깃드는 순간이다. 감이 잡히니 그다음 가사를 쓰는 건 쉬웠다. '비가 오면 우산이 되어주고 외로우면 전화기가 되어주고 싶었어. 그 대신 나 같은 남자는 이제 만나지 마. 너의 부모님 말씀이 맞아. 그게 내가 너한테 바라는 모든 거야.' 이런 느낌의 이야기를 써 내려갔다. 그러다가 '커피가 되어주고 싶었어. 네가 밟고 걷는 땅이 되고 싶었어'라며 더 재미있게 몰입하며 끌고 갔다. 처절한 비극을 다 드러내는 게 아니라, 뉘앙스로만 보여주는 식으로. 다시 말하지만, 아무것도 없는 상황에 부닥치면 제일 자신 있는 걸 해야 한다.

삶의 반칙선 위에 점일 뿐이야

실토하자면, '삶의 반칙선 위에 점일 뿐이야'라는
가사에서 처음 내가 쓴 건 '삶의 반직선'이었다.

'삶의 반직선 위에 점일 뿐이야'

이 자체로도 되게 철학적인 말이었다. '반칙선'은
아마 라임을 맞춰주던 래퍼가 바꾼 것일 텐데,
그것으로도 또 다른 의미에서 철학적이어서 마음에
들었다. 어쨌든 그렇게 가사는 반칙선이 되었다.
태어남에서 죽음으로 한쪽으로만 흐르는 반직선 같은
인생의 시간 위에서 서로 어긋나며 새로운 길로
나아가게 하는 반칙선으로.

지금에야 잘 썼다는 생각이 들지만, 이 가사는
처음부터 그런 느낌은 없었다. 나의 상상 속에서는
여자의 부모 쪽에서 둘의 만남을 반대했다.
그렇다면 남자는 사랑하지만 놓아주어야 하는

연인을 위해서 어떤 말을 하고 싶었을까?

결국 찾은 답은 '나는 네 입술을 따뜻하게 해주는 커피가 되고 싶었다'라는 거였다.

처음에는 그냥 툭 던졌다. 커다란 확신이나 자신이 없었기에. 자신감이 부족한 상태에서 가사를 쓰다 보면 보통 내가 그 곡에 밀리게 된다. 가령 〈나를 잊지 말아요〉라는 곡을 작업할 때는 듣자마자 이건 시처럼 써야겠다는 계획이 머릿속에 바로 섰다. 그런 느낌 없이 시작할 때는 곡이 내 위에 올라서게 된다.

〈내 입술… 따뜻한 커피처럼〉이 지금까지도 나한테 이만큼이나 효도할 줄은 몰랐다. 하도 고생해서. 요컨대, 내가 '곡이 내 위다' 인정한 건 이 곡이 처음이었다. 체급으로 따지면 헤비급과 라이트급이 만났던 거다. 내가 2라운드만 버티면 이긴다, 이런 마음가짐으로 나섰던 게임.

'주문받은 대로 가사를 제대로 못 쓰면 이토록 스트레스를 받는구나'를 제대로 경험한 곡이었다. 작사가라면 이런 위기 상황을 분명히 만나게 된다.

그때를 대비해서 나만의 비기를 준비해야 한다.

그것이 바로 자신감의 뿌리이자 근거다.

인생살이도 마찬가지 아닌가? 살다 보면

삶의 반직선 위에 반칙선 같은 돌부리에 걸려

아프게 넘어지곤 한다.

이런 사건들은 내가 어쩌지 못하는 운명처럼

나를 압도하며 좌절감을 안긴다.

삶 곳곳에서 예기치 못한 반칙에 채일 때마다

그 상처를 돌보고 더 건강하게 회복하기 위해

각자의 응급 비상약이 필요하다.

그게 자책이나 자괴감이 아닌 것은 분명하다.

내가 가진 것, 내가 잘하는 것을

주머니 한가득 채우고 있어야 한다.

〈내 입술… 따뜻한 커피처럼〉은 그동안 어쩌면

막연히 해왔던, 언제 그 결과가 빛을 볼 날이 있을까

나조차도 의심하던 오랜 훈련들이

드디어 제 역할을 해준 작업이었다.

어쩌면 이 곡이 내 삶의 반칙선 위에 놓였던

뜻밖의 한 점이 아니었을까?

내 앞에는 눈부신 희망만 있을 줄 알았지

내 입술… 따뜻한 커피처럼

작곡 박근태
작사 원태연
노래 샵

If you've ever been in love before
I know you feel this beat
If you know it Don't be shy
and sing along

울지 마 이미 지난 일이야
삶의 반칙선 위에 점일 뿐이야
살아가면서 누구나 겪는 일이야
어른이 되는 단지 과정일 뿐이야
단지 과정일 뿐이야

제발 이러지 말아요 끝이라는 얘기
나는 항상 시작인걸요
그댈 사랑하는 마음
점점 커져가고 있는 날 잘 알잖아요

네가 밟고 걷는 땅이 되고 싶던 난
잠시라도 네 입술 따뜻하게 데워준
커피가 되어주고 싶었던 난
아직도 널 울리고 있을 거야 아마도 난

사랑해 사랑하는 마음 말고 왜
이렇게도 너무 필요한 게 많은 건지 왜
지금 너를 만나지 않아도 널 울리고 있을
내가 나는 왜 이리도 싫은 건지

나를 많이 알잖아요 그댈 사랑하며
나를 모두 버렸다는 걸
혼자 울며 걷는 나를
모르나요 그러니 제발 이러지 마요

hey girl can you please tell me why
no why no you don't have to lie
and it hurts me in side
but I want you to know I'll be waiting

그래 어느 하늘 아래 안에 작은 내 사랑
이젠 나의 사랑한단 말도 의미도 잠시
우리의 힘들었던 지나간 나의 넌 (기리 위리)

우리의 (히리 위리) 돌릴 수 없는 우리

I know 이제는 돌리지 못할 거란 걸
You know 아니 너를 사랑한단 걸
오래전 노래처럼 오래오래 널 간직할래
그래 너만을 위한 나의 사랑은 이래
remember I miss you

난 하지만 행복해 이젠 넌 잘할 수 있을 테니깐
연습이 힘들었던 만큼 다음엔 꼭 나
같은 남자는 피해 갈 테니
자상하고 부드럽고 따뜻한 남자였음 좋겠어

너의 부모님 마음 충분히 만족시켜 드리고
편하게 해드릴 수 있는 단 한 방울의 눈물 없이
단 한 번의 아픔 없이 상처 없이
너무 편안한 사랑을 했음 좋겠어

꿈에서라도 싫어요 떠나지 말아요
나는 죽을지도 몰라요
이대로 행복한걸요 모르겠나요
아무것도 바라지 않아

지나간 사랑으로 날
그대의 추억 속에서 살게 할 건가요
사랑은 계속 커져갈 텐데
이대로 나를 정말 보낼 건가요

　　울지마 이미 지난 일이야
　　버틸 수 없을 만큼 힘들겠지만
　　삶의 반칙선 위에 점일 뿐이야
　　어느 때보다도 긴 시간이겠지만

　　살아가면서 누구나 겪는 일이야
　　쉽게 받아들일 수는 없겠지만
　　어른이 되는 단지 과정일 뿐이야
　　단지 과정일 뿐이야

욕심을 참아내는 일

#3

사랑은 언제나 목마르다 / 유미

7년의 기다림, 너와 나의 극적 만남

2002년 소설을 쓰고 있었다. 경북 울진에 있는
조립식 슬레이트 건물에 스스로 유배하고
집필에 몰두하고 있었다. 욕심대로 늘 잘 써지지는
않아서 근처 해수욕장에 앉아 겨울 바닷바람을
맞으며 시간이나 흘려보내고 있었다.
글이라는 게 안 풀릴 때는 그렇게나 안 풀린다.
그렇게 몇 날 며칠을 보내는데, 어느 날 호형호제하며
지내던 정 대표님한테서 전화가 걸려 왔다.

"오늘 좀 보자, 태연아!"

꼭 해야 할 말이 있다며 다짜고짜 안면도로 와달라는
거다. 학대 수준의 집필 지옥에서 벗어날 명분이
너무 확실하지 않은가.
울진에서 충청도까지 내비게이션도 없이
산을 넘어가는데, 어찌나 신나게 밟았는지
입안에서 휘발유 맛까지 나는 것 같았다.

내 앞에는 눈부신 희망만 있을 줄 알았지

그도 그럴 것이 정 대표님은 당시 엔터계의
미다스 손이라 불리는 일인자였다.
당시 그가 이끄는 싸이더스에는 톱 배우 전지현과
정우성 씨 그리고 〈어머님께〉부터 〈거짓말〉까지
대한민국 사람이라면 누구나 좋아하는 국민그룹
지오디가 소속되어 있었다. 이를 이끄는 수장이
나를 급히 찾는다니.

"먼 길 오느라 고생했네. 맥주나 한잔해."

딱 봐도 뜸 들이지 않고서 바로 튀어나온 모양새라
정 대표님은 썩 만족스러워했다. 급히 찾던 전화상
목소리와는 달리 술 한잔 권하는 여유까지 부리고.
너무 먼 길을 운전한 뒤라 그런지
알코올이 들어가자 금세 잠이 들었다.
다음 날 아침, 스피커에서 흘러나오는 곡 하나가
귀를 사로잡았다. 잠이 덜 깬 채로 침대에 누워 있던
나는 전주가 나오자마자 벌떡 일어났다.
누가 들어도 귀에 확 꽂히는 멜로디였다.

그때 들었던 웅장한 전주 느낌은 여태까지도
다시 경험해 보지 못한 경이로움 그 자체였다.

"형석 씨 곡인데, 이걸 내가 7년 전에 샀었거든.
드디어 맞는 가수를 찾았어. 이름은 유미.
You and Me, 멋있지?"

정 대표님의 기대에 찬 표정을 보아하니, 이거
작정한 곡이구나 알 수 있었다.

"너 이거 다 쓰고 나와야 돼. 방을 그렇게 잡아놨어."

수능 출제위원도 아니고 구속 집필이라니.
언제까지 써야 되냐니까 이런저런 복잡하고 장대한
스케줄을 읊는다. 들어보니 이건 곡만 나오면
끝이 아니라, 무슨 CF에 마케팅 이벤트까지
줄줄이 대기 중인 곡이었다.
그런데 이것만은 단언할 수 있었다.
작사가라면 누구라도 그 전주를 듣고는 이미

내 앞에는 눈부신 희망만 있을 줄 알았지

'저건 내 거야' 결심했을 거라고.

누가 이 곡을 감히 포기할 수 있겠는가?

커다란 판 위, 작사가의 역할

가사를 넘기고 제작자가 오케이 해서 돈을 받으면
작사가의 역할은 거기서 끝이다. 작사가는 곡 세팅
과정까지의 마지막 주자이기 때문에 가사가 나오기
전에나 들볶이지, 가사가 마무리되면 뒷전이 된다.
그렇지만 작곡가는 다르다. 녹음에, 수정에…
뮤직비디오 촬영 때도 영상 편집하는 내내
참여해야 한다.

어찌 보면 작사가는 제 할 일만 마치면 찾는 이 없는
외로운 역할이기도 하다. 가사를 넘기고 나서는
뭐가 어떻게 돌아가는지 낄 자리도 없고,
괜히 끼어들어서도 안 된다. 특히 이 〈사랑은 언제나
목마르다〉는 내가 작사했음에도 불구하고

가사를 넘긴 후 한참 지나서야 곡과 대면했다.

그것도 텔레비전 CF에 나오는 걸 보고서.

화면에서는 배우 전지현 씨와 정우성 씨가 다른 시간 다른 장소에서 서로를 향해 사랑을 외치다가 결국 '탕!' 하는 총성을 끝으로 울부짖는다. 난 전지현 씨가 광고에 나온다는 말만 얼핏 들었지, 자세한 내용은 몰랐다. 그런데도 내가 저 광고 시나리오를 알고서 가사를 썼나 싶을 정도로 분위기가 찰떡이었다.

당시 '2프로 부족할 때'라는 음료는 우리나라에서 코카콜라를 이길 정도의 메가히트 상품이었다. 거기에는 텔레비전 CF를 넘어 인터넷 동영상으로 이어지는 광고의 혁신도 한몫했다. 여러모로 영향력이 대단해서 유튜브 영상에는 아직도 그때의 기억과 감성을 그리워하는 분들이 모여 향수를 달래고 있다. 20년이 훌쩍 지나버린 지금도 '영화로 만들어달라'는 댓글이 달릴 정도다. 아무튼 그때는 이 프로모션 과정을 목도하고는 '이야, 내가 이 판에서 정말 운이 좋게 작업한 거구나' 생각했다.

이렇게 거대한 프로젝트에서 만약 작사가 후지단
소릴 들으면 어쩌나 미리 겁먹고 작아질 수도 있다.
엄청난 기대작인 게 도리어 페이스대로 못하고
기에 밀리는 형세가 되기 쉬우니까.

그런데 그때 나는 곡에 딸린 관계자도 많고
스케일이 대단해 보이는 대작이라는 부분 때문에
부담을 갖진 않았던 것 같다.

물론 곡 자체가 무척 마음에 들었기에 마음만큼
가사가 잘 풀리지 않아 조바심 나긴 했다. 그래서
거듭해서 곡을 듣고, 여기에 무슨 단어를 쓰고,
또 어떤 표현을 넣을지 계속해서 고민했다.

결국 작사 작업 외의 것은 별로 생각하지 않았다.
오직 고민할 거리는 마감 날짜뿐.
설상가상 제작자는 별다른 주문 사항도 없었다.
많은 작사가가 이런 상황을 반기지 않는 걸 고려하면
나는 참 단순해서 얼마나 다행이었나.

원래 작업을 의뢰받으면 그 곡 자체에 빠져서
마감 안에 내 맘에 드는 걸 쓰는 데 몰두하는 편이다.
배경 같은 건 싹 다 까먹을 정도였다.

이런 단순함 덕분에 쓸데없는 부담에 짓눌리지
않았던 것 같다.

네 시간을 위한 8일간의 기다림

〈사랑은 언제나 목마르다〉라는 제목만 있었을 뿐,
나머지는 오로지 내게 다 맡겨진 상황.
그런데 꽤 오래 노랫말의 물꼬가 트이질 않아
조바심이 났다. 8일 동안 머릿속에 다양한 첫 줄을
써봤지만, 확신의 한 줄이 없었다. 모두 어딘가
모자라게 느껴지는 거다. 곡이 말도 못 하게
좋았던 만큼 잘 쓰고 싶은 욕심도 컸으니.
게다가 나 말고 다른 후보 작사가는 없는 작업이었다.
현금다발이 테이블 위에 놓여 있고
최상의 컨디션에서 작업하라며 최고급 호텔에
작업실을 내줬다.
처음엔 이토록 과한 대접에 들떠 있었다면,
며칠 지나니 그제야 이 궁전 같은 작업실도

내 앞에는 눈부신 희망만 있을 줄 알았지

결과를 내놔야 한다는 압박으로 느껴져 갑갑했다.
시간이 흐를수록 확신이 없어져서 8일째 되는 날,
으리으리한 방에서 나와버렸다.
그 길로 서울로 올라와 정 대표님에게 전화했다.

"이거 시간 얼마나 더 줄 수 있어요?"

내 초조함을 읽었는지 그가 살짝 웃음기 섞인 말투로
언제라는 답 대신 말했다.

"태연아, 그냥 평소 너답게 써."

나답게…. 그때 이 말은 나 자신보다도 더 나를
믿어주는 한마디였다. 그제야 붕 떠 있던 마음이
내려앉고 비로소 평정심이 찾아왔다.

'나는 이 말이 필요했던 거였구나.'

그걸 당시 업계 일인자란 사람이 해준 거다.

나는 뒤통수를 얻어맞은 듯 정신 차리고
내 주머니를 뒤졌다.
몇 번이나 곡을 다시 듣다가 〈사랑은 언제나
목마르다〉라는 제목을 보고, 전에 시집에 써둔
문장 하나가 번뜩 떠올랐다.

'그렇게 많이 사랑한다 했는데 (…) 사랑했다 말하니까
그제야 내가 당신을 정말 사랑한 것 같다.'

이를 다듬어 '그렇게 많이 사랑한다 했는데'라고
드디어 첫 줄을 썼다.
그러자 거짓말처럼 곡의 문이 열렸다.
마치 그 문장으로 조명이 쏟아져 내린 것 같았다.
그리고 그 조명 아래에 고개를 푹 숙인 한 남자가
눈물이 그득한 채로 여자 앞에 앉아 있었다.
그렇게 첫 줄을 쓴 후, 맨 마지막 줄에
'난 사랑에 목이 마르겠지'를 쓰는 데까지 걸린 시간은
딱 네 시간. 일발 장전을 위한 8일이었다.

내 앞에는 눈부신 희망만 있을 줄 알았지

올드머니룩의 정석

누가 봐도 슬픈 이별 장면을 상상해 보자.
하나는 남녀 둘 다 가슴 아픈 감정을 모두 폭발시켜
울고불고하는 장면이고, 또 다른 하나는
애써 웃으며 서로 안녕을 말하는 장면.
보통 애절함을 강조하는 발라드라면 이 순간
'나를 버리지 말아요' '제발 떠나지 말아요' 같은 말이
나올 거다. 하지만 이 노래 속 여자는
그에게 그런 얘기를 할 것 같지 않았다.
이토록 정교하게 짜인, 특히 오케스트라가
어우러진 곡에 당시 스무 살 중 가장 깊은
목소리를 가진 유미가 노래를 부른다. 여기에
노랫말까지 짙은 감정으로 채운다면
너무 신파 같아서 불편하진 않을까?
나는 차분하고 우아한 20대 후반의 여자를 떠올렸다.
웅장하고 클래식한 곡에 감정의 눈금이 튀지 않도록
맞추는 거다.
당시에 급부상한 유행어 하나가 있었다.

바로 '럭셔리'. 지금이야 너무 흔한 말이라 오히려

럭셔리하지 않게 느껴질 지경이지만, 그때는 굉장히

고급스럽고 앞서가는 느낌을 주는 단어였다.

나는 이 여자 캐릭터를 생각하면서 '럭셔리'가

생각났다. 그녀가 사랑 대신에 현실적 조건에 따라

다른 선택을 하는 순간이라고 상상하며

구체적인 장면을 그려나갔다. 감정이 타오르며

불꽃이 튀는 신파와는 다른 분위기로 두 연인의

고상함을 지켜주고 싶었다. 요란하지 않게.

가사 쓰는 내내 이를 염두에 뒀던 것 같다.

그렇다면 자신과의 이별을 받아들이고 있는

연인을 보면서 노랫말 속 여자는 '난 떠나요'

'나를 위해 울지 마세요'라는 말을 하는 게

더 어울리지 않을까?

우아하지만 담백해서 더 진중하게 들리도록 말이다.

가사가 너무 존재감을 드러내는 것보다는

곡과 가수의 힘을 끝까지 붙잡아둘 수 있게

숨죽이면서도 무게를 잃지 않아야 했다.

요 몇 년 패션 용어로 자주 눈에 띄는 신조어가 있다.

내 앞에는 눈부신 희망만 있을 줄 알았지

패션에는 문외한인 나도 몇 번 들어본 '올드머니룩'
이라는 말이다. 인터넷을 찾아보니 뜻이 이렇다.

'대대손손 여유 있는 금수저 집안에서 입는
패션을 추구하며, 브랜드 로고를 과시하지 않지만
고급스러워 보이는 스타일'

한마디로, 럭셔리보다 좀 더 나아간 '조용한 럭셔리'의
의미다. 과시보다는 절제하는 고상함을 추구하는
그 태도가 이 곡과 참 어울린다는 생각이 들었다.
어사는 울지 않으면서 하고 싶은 말을 툭툭
내려놓는다. 그러곤 마지막엔 '언제나 사랑에
목마르다'라면서 끝이 난다.
노래로 듣지 않고, 글로 써둔 걸 본다면
이 가사는 '특별할 게 없는데?' 싶을 만큼 평이하다.
올드머니룩에 익숙지 않은 사람이 처음 이런
스타일을 보면 '딱히 볼 것 없는 패션인데?'라고
느끼는 것과 비슷하다.
하지만 눈에 띄지 않아도 기본을 지켜

만듦새가 좋은 옷을 입어본 사람이라면
그 디테일을 본능적으로 느낄 수 있지 않던가?
저건 유행 타지 않고 퀄리티가 훌륭해서
딸에게도 물려줄 만한 '진짜 괜찮은 옷'이라는 걸.
〈사랑은 언제나 목마르다〉의 가사를 쓸 때
내가 추구했던 방향성이 딱 그랬다.

이성적인 가사와 감성적인 가사

"가사가 굉장히 우아해요."

〈사랑은 언제나 목마르다〉로 이런 칭찬을
많이 들었다. 작사할 때 내가 의도한 방향성이
맞았다는 생각이 들어서 내심 기뻤다.
작사가 관점에서 이 가사는 굉장히 이성적인 가사다.
누군가는 오해할 수 있을 것이다. 얼핏 이 곡은
굉장히 감성적으로 들리니 말이다. 물론 목소리와
곡조가 화려하고 애절하기에 그렇게 생각할 수 있다.

내 앞에는 눈부신 희망만 있을 줄 알았지

하지만 정작 가사를 들여다보면
많은 계산이 들어가 있는 문장들임을 깨닫는다.
실제로 여러 전략을 짜두고 노랫말을 썼으니까.
일단 노랫말 속 화자가 감정적으로 요란하게 들리지
않도록 최대한 차분하고 담담한 언어를 찾으려
고민했다. 〈사랑은 언제나 목마르다〉 속 여자는
감정이 가장 고조되는 구간인 사비SABI, 일명
클라이맥스에서도 어느 하나 튀지 않는 단어들로
자신의 감정을 눌러 표현한다. 처음에는
'단 하나'였던 것이 다음에는 '오직 하나의 그 하나로
사랑하사 했었던'으로 이어진다.
덕분에 클래식한 발라드의 중후함, 고급스러움과
잘 맞아떨어졌다. '단' '오직'이라는 단어는 다소
딱딱하고 정제된 말로, 감성이 풍부하게 들어차
있어야 하는 가사엔 잘 쓰이지 않는 단어다.
화자는 이별의 순간에 '미친 듯이 사랑했다'라거나
'눈물이 차오를 정도'로 슬프다 말하지 않는 대신,
'단 하나의 그 하나로'라는 냉정하리만큼 절제된
언어로 그 감정의 무게를 숨긴다.

이 단어들은 올드함과 점잖음의 사이에 서 있다.
글로만 보면 이 노래의 명성에 비해 이렇게
평이하고 건조한 문장이었던가 의아해할 정도로.
하지만 멜로디와 유미의 목소리에서 이미
감정은 차고도 넘쳤다. 가사까지 그랬다면 분명
과하고 촌스럽게 들렸으리라는 계산이었다.
조화로움을 고려해서 우아함을 끌어냈던 것 같다.

조절할 줄 아는 힘, 성숙

'그렇게 많이 사랑한다 했는데 / 이제야 사랑을
알 것 같아요'

이건 시 같은 가사일까, 아니면 말 같은 가사일까?
시집을 뒤적여 나온 게 무색하리만큼
아무리 생각해도 시적인 표현은 아니다.
말 같은 가사에는 흔히 사람들이 쓰는 표현을 넣는다.
그러니 노랫말이라 하기에도 영 자연스러운 말처럼

내 앞에는 눈부신 희망만 있을 줄 알았지

들리지는 않았다. 일단 이거다 싶어서
첫 줄을 써놓고는 '가사적'이라기엔 모호한 이 문장을
계속 들여다보며 스스로 의심했다.
하지만 다음 줄에서 자신감이 생겼다.
'부탁이 있어'라는, 우리가 일상적으로 하는 말이
나오기 때문이다. 여기에 반말과 존댓말, 구어와
문어가 굉장히 오묘하게 섞인다. 나는 이게
화자의 캐릭터를 설명해 준다고 생각한다.
감정의 북받쳐 오름을 끝내 이성으로 누르는 사람.
이런 이성적인 표현을 삽입한 목표는 바로
이 곡에서 성숙한 분위기를 내기 위함이었다.
'사랑은 언제나 목마르다'라는 문장은
정말 세련된 표현이지 않은가?
대기업이 뛰어든 프로젝트라서 그런지,
잘 정돈된 광고 카피 느낌도 강했다.
그래서 나는 이 곡의 전체적인 분위기를
성숙하게 잘 다듬어진 느낌으로 맞추고자 했다.
처음 들었을 때부터 흔한 발라드 같지 않았다.
작곡가 형석이 형이 원래 클래식 전공이니,

당연히 화성학에 익숙할 것이다. 나는 음악 이론에
관해서는 아는 게 없지만, 왠지 이 곡이 클래식에서
가지 쳐 나온 것처럼 들렸다. 그래서 본능적으로
이야기를 키우고, 더 대작답게, 더 웅장하게
만들고 싶었다. 그러면서도 절제되고 정돈된 느낌.
그게 이 곡에 딱 맞는 옷이라고 생각했다.

돌아보면 〈사랑은 언제나 목마르다〉는
나의 성숙을 담아내고 싶었던 작업이기도 했다.
화려한 곡조를 가진 엄청난 대곡에 흥분해서
기교를 맘껏 뽐내보고 싶은 욕심이 왜 없었겠는가?
하지만 곡의 오리지널리티(독창성)를 놓치지 않으려다
보니, 나를 조절할 줄 아는 힘을 저절로 익혔다.
살다 보면 내 욕심을 달래고 스스로 절제할 때
더 좋은 결과를 낸다는 걸 종종 경험한다.
세월이 꽤 흐른 지금까지도 이 곡은
자랑하고 싶은, 보기 좋게 잘 자라준 자식 같다.

내 앞에는 눈부신 희망만 있을 줄 알았지

사랑은 언제나 목마르다

작곡 김형석
작사 원태연
노래 유미

그렇게 많이 사랑한다 했는데
이제야 사랑을 알 것 같아요
부탁이 있어 제발 용서 마세요
오늘 난 당신을 버리려고 해

제발 얼굴을 들어봐요
나를 위해서 참아왔던 아픔
사랑으로 나를 잡아줘요

단 하나의 그 하나로 사랑하고 싶었던
그 아픈 약속과 눈물들이
가슴 속 멍으로 남겠지만
난 떠나요 이젠 돌아오지 못할 거예요
난 사랑에 목이 마르겠지요

그대는 항상 미안하다고 했죠

지금도 눈물을 참고 있나요

나를 위해 울지 마세요

나를 사랑하며 참아온 모든

이 상처를 오늘 다 버려요

단 하나의 그 하나로 사랑한다 했었던

그대의 약속과 눈물들이

다시 또 나를 울리겠지만

괜찮아요 날 위해 슬퍼하지 마세요

이제 나를 사랑하지 마요

오직 하나의 그 하나로 사랑하자 했었던

우리의 약속과 추억들이

가슴 속 상처로 남을 거야

난 떠나요 이제 돌아오지 못할 거예요

난 사랑에 목이 마르겠지요

작사가의 방

#4

그 여자 / 백지영

거리마다 내 가사가 흘러나왔지

세상이 온통 내 흔적으로 가득했던 시절이
딱 두 번 있다. 하나는 첫 시집인『넌 가끔가다
내 생각을 하지 난 가끔가다 딴 생각을 해』가
베스트셀러가 되었을 때이고, 다른 하나가 바로
〈그 여자〉가 세상에 나왔을 때다.
당시 나는 잠실에 살았고 사무실은 방배동에
있었는데, 집과 사무실을 오가는 길에 신호가 걸려
잠깐 정차하면 거리에서 '얼마나 얼마나 더 너를
이렇게 바라만 보며 혼자'가 울려 퍼지고,
누군가에게 전화를 걸면 과장 좀 보태서
셋에 둘의 통화연결음이 이 노래였다.
예능 프로그램에서는 〈그 여자〉를 패러디하여
'그 선생' '그 녀석' '그 부장' 등으로 바꿔 부르는 등
전국 방방곡곡이 난리가 났다. 그런 기분은
살면서 꼭 한 번 다시 느껴보고 싶은 감정 중
손꼽는 하나다. 물론 이런 경험은 생에 단 한 번
겪기도 어려운데, 내가 운이 정말 좋았던 것 같다.

〈그 여자〉에 대한 고마움은 하나 더 있다.

이 곡의 의뢰가 들어왔을 때, 난 1년 반 정도를

아예 작사 작업에서 손 놓고 있던 상태였다.

그동안 영화를 만들고 있었기 때문이다.

시나리오를 쓰는 데 몇 년, 그걸 내가 찍을 수 있게

연출을 맡기겠다는 회사를 찾느라 몇 년을 기다렸다.

드디어 제작사가 나타나자, 틈틈이 해왔던 일을 접고

첫 영화《슬픔보다 더 슬픈 이야기》에 올인했다.

그렇게 한동안 떠나 있던 작사 일이었는데,

의뢰 들어온 곡이 백지영 씨가 부를 드라마 OST란다.

그동안 작사를 하지 못해 근질근질하던 차에

가수가 지영 씨라는 얘길 듣자마자

내 상황도 잊고 '정말 하고 싶다!' 생각했다.

작업을 다 마치고서 작곡가와 함께《시크릿 가든》의

첫 방송을 맥주 한잔하면서 보았다.

〈그 여자〉는 발표되자마자 음원 차트 최상위에

진입했다. 당시 몇 년 동안 영화 한다고 생긴 빚이

엄청났는데, 이 노래로 한 방에 다 갚았을 정도다.

오랫동안 나를 구속해 왔던 경제적 궁핍에서

드디어 벗어나게 해준 곡이다.

작사가에게 꼭 나여야만 하는 순간은 없다

〈그 여자〉는 내게 현실적인 도움만 준 게 아니었다.
가사를 쓰며 그렇게 많이 울어본 적이 없다.
그때는 내가 그냥 그 여자였던 것 같다.
작사가로서 지니고 있던 어떤 신념이나 철학이
더 확고해지는 계기가 될 정도였으니까.
과거 언젠가 작사를 보냈는데 퇴짜를 맞은 적이 있다.
피드백은 이랬다.

"가사는 너무 좋지만, 이건 너무 원태연만 보이는
가사입니다."

나는 이 메시지를 읽고 또 읽었다.
가사가 채택되지 못하는 경우는 너무나 많다.
그러니 단지 그 때문은 아니었다.

내 앞에는 눈부신 희망만 있을 줄 알았지

'원태연만 보이는 가사'란 말은 작사라는 일
자체에 대한 이해가 낮다는 의미이기도 했다.
내게는 가사가 별로라는 반응을 넘어서는
최악의 평이었다.
그때 그 평가가 정당했는지 여부를 떠나 그 말은
내 작업 철칙에서 절대 놓칠 수 없는 부분이었다.
사람들은 보통 내가 작업한 가사들을 보면서
놀라곤 한다.

"자아를 나사 바꾸듯 막 바꿔 끼우시나요?
어썸 곡마다 이렇게 스타일이 다르죠?"

이건 작사가로서 내 자존심을 세워주는 동시에,
가장 듣고 싶은 말이다.

'그 곡의 작사가가 꼭 나여야만 하는 경우는 없다.'

이게 바로 내가 궁극적으로 추구하는 작사의
목표이기 때문이다.

작사가는 본인이 아닌, 그 곡의 화자가 말하게 하는
사람이다. 그리고 가사란 멜로디뿐 아니라
가창자의 목소리와 어우러지게 하는 도구여야 한다.
작사가의 방에는 주인이 없다.
바로 이런 신념의 뿌리가 더 단단해진 게
〈그 여자〉를 작업하면서부터다.
중년에 들어선 남성 작사가가 그토록 애절한 사랑에
빠진 여자의 마음을 쓰려면 내가 누구인지
철저히 감추고 또 감춰야 했으니까.

수천 번 들어야 주인공이 말을 건넨다

곡의 주인공들이 제대로 된 목소리를 내기 위해서는
오리지널리티를 지키는 일이 우선되어야 한다.
여기에서 의아할 수도 있을 것 같다.
'작사가인 나를 곡에서 내세우지 않는다'라는
가치관과 오리지널리티를 지키는 일이
상충되는 것으로 오해될 수 있으니.

내 앞에는 눈부신 희망만 있을 줄 알았지

하지만 여기에서 오리지널리티라고 하는 건
내가 아닌 곡의 오리지널리티를 지킨다는 의미다.
즉, 그 곡만의 방향성과 정체성이 흔들리지 않게
한다는 뜻이다.
곡의 캐릭터가 제대로 서 있어야 한다는 의미를
부연해 주는 아주 중요한 개념이다.
나는 작사할 때 첫 줄을 쓰고 다시 처음부터 듣고
다음 줄을 쓰고, 그다음 줄을 쓰기 전에 다시
처음으로 올라가서 흐름을 타며 다음 줄을 쓴다.
이걸 마지막 줄을 쓸 때까지 반복한다.
쉽게 말해 첫 줄을 쓰면 두 번째 줄을 쓰기 위해서
다시 처음으로 돌아가 첫 줄부터 둘째 줄까지의
멜로디를 수도 없이 듣는다. 두 번째 줄이 완성되면
세 번째 줄 가사를 쓰기 전에 다시 첫 줄로 가서
세 번째 줄까지의 멜로디를 듣고 세 번째 줄을 쓴다.
이 방식을 마지막 줄을 쓸 때까지 반복한다.
이를 고집하는 이유는 단 하나다.
바로 곡의 오리지널리티가 끝까지 살아 있게
하기 위해서다.

슬쩍 묻어가는 문장 하나 없이 한 줄 한 줄

힘이 생긴다. 한 곡을 수천 번쯤 들으면 그 과정에서

나의 섣부른 예측이나 과도한 계산이 빠진다.

말하자면 오로지 곡의 한가운데로 들어간다.

그때 비로소 곡의 화자가 가사를 통해

자기 얘기를 생생하게 전하기 시작한다.

간혹 해당 줄을 마무리 짓기 전에 미리

다음 멜로디를 듣게 될 때가 있다.

그때 다음 줄에 더 강력한 멜로디가 나오기라도 하면

앞 줄이 맘에 딱 들지 않아도 슬쩍 넘어가자는 식의

내적 갈등이 생기게 되는데, 나는 그게 싫다.

비슷한 이유로, 음절 수를 먼저 따져보고 거기에

단어를 끼워 맞추는 식으로도 작업하지 않는다.

일단 화자가 하고 싶은 말을 최대한 노래에 실어보고,

과연 자연스러운지 여러 번 들으면서 조정해 나간다.

이런 작업 방식을 지켜본 사람들은

나더러 바보처럼 일한다고 말한다. 실제로 나도

이 과정이 엄청나게 고통스럽고 인내심이 모자랄

때도 많다.

97

하지만 곡의 오리지널리티를 지키는 것이
무엇보다 중요하기 때문에 이 방식을 고수한다.
시를 쓸 때도 마찬가지다.

'이번 정차할 역은 / 이별, 이별 역입니다'

내가 쓴 시 구절 중 하나다. 이 문장을 쓰면서
나는 다음 줄을 미리 염두에 두고 쓰지 않았다.
내가 생각해 내는 걸 다른 사람들이라고
계산하지 못하겠는가?
그래서 나음에 올 문장을 미리 계획하고서
눈앞의 문장을 쓰는 대신에 처음부터 돌아가
방금 쓴 부분까지 다시 읽고, 그 느낌을 이어서
쓰려고 한다. 그러면 미처 상상하지도 못한 것들이
불현듯 떠오르곤 한다. 그제야 한 줄을 써내는 거다.
이렇게 쓰면 누구나 생각할 수 있는
상투적인 문장이 나오지 않아 좋다.
그러니까 앞의 문장에 이어 '내리실 분은 잊은 물건이
없는지…'란 상식적인 생각회로에 갇히는 대신에,

'추억행 열차는 / 손님들 편의를 위해 / 당분간 운행하지 않습니다'라는 그 순간의 오리지널리티를 붙잡아 써내게 된다.

다른 작사가는 이 방식을 싫어할지도 모르겠다. 정해진 답은 없으니 각자에게 잘 맞는 게 모범 답안이다. 모든 방식을 존중한다. 다만 이렇게 진행하는 것이 곧 나의 무기라고 믿는 것뿐이다. 곡을 처음 받아 들었을 때 처음에 떠올린 화자의 마음과 그 곡이 지향하는 방향성을 지켜내는 방법이라고 말이다.

아이러니하게도 곡의 오리지널리티를 지키는 일은 결국 나의 오리지널리티를 지키는 일이 된다. 오직 그 곡만을 위한 맞춤옷을 찾다 보면 내가 누구인지도 찾게 된다. 무엇도 따라하지 않고 누구도 흉내내지 않은 자기만의 스타일로 그 곡이 가진 세계에서 가장 잘 맞는 옷을 준비하려면 그건 내 안에 있는 것들 중 단 하나, 결국 내 안에서 나올 수밖에 없으니까.

99

2절을 쓰는 마음

음악이란 수학과 닮았다. 가사라는 게
낙서하듯 쉽게 쓰는 것처럼 보일지 모르겠지만,
작사가들은 무의식중에 장르, 멜로디, 도입에서
본론까지의 범위 등 여러 요건을 철저히 계산한다.
노련한 작사가라면 곡을 듣자마자
가사가 어떤 흐름을 타야 하는지 본능적으로 안다.
〈그 여자〉와 달리 〈나를 잊지 말아요〉의 경우에는
딱 두 줄로 상황을 '표현'해 낸 다음에야
다른 애기로 넘어갈 수 있는 곡이다.
두 줄 안에 그걸 모두 응축해 담아낼 자신감과
기술적인 숙련도가 필요하다.
그러나 〈그 여자〉는 곡의 분위기를 만드는 방식이
그와 다르다. 서서히 고조되는 느낌의 곡조라서
〈나를 잊지 말아요〉와는 다르게 접근해야 한다.
그래서 상황을 빠르게 표현하는 대신에
화자의 감정을 차곡차곡 쌓아가는 방식을 택했다.
중간에 분위기를 갑자기 바꾸지 않고

계속 감정을 끌고 가게끔. 그렇다 보니 〈그 여자〉는
2절을 풀어가는 방식이 다른 곡들과는 좀 다르다.
대개 2절은 1절의 반복인 경우가 많다.
여러 가지 이유가 있는데, 우선 작곡가들이 이 방식을
선호한다. 2절에서 한 번 더 반복되면 그 구절을
청자에게 더 각인시키기 쉽고. 혹시 2절이 1절보다
덜 좋으면 오히려 1절의 반복일 때보다
곡이 산만해질 우려가 있기 때문이다.
그럼에도 불구하고 나는 2절을 새롭게 쓰는 걸
좋아한다. 감정을 점점 고조시키는 분위기를
좋아하기도 하고, 캐릭터에게 발언권을 더 많이
주고 싶어서다. 화자가 자기 마음을 표현할 기회가
많기를 바라는 거다.
한편으로는 '뒤에는 무슨 얘기가 나올까?'라며
끝까지 집중하게 만들고 싶은 나의 욕심이기도 하다.
그러려면 2절이 호기심을 자극할 정도로
충분히 매력적이어야 한다.
내게 2절이란 '곡의 허리'다. 그래서 2절에 쓰는
공과 열의가 오히려 도입부보다도 컸으면 컸지

내 앞에는 눈부신 희망만 있을 줄 알았지

절대 뒤처지지 않는다. 그래서 내가 생각하기에도 2절이 참 잘 나오고 마음에 들 때면 그 쾌감은 말할 것도 없이 무조건 2배다. 내가 좋아하는 사람의 절절한 사연을 더 오래 들려주고 싶었던 마음이 제대로 보상받은 것 같은 기분이랄까.

아, 세상의 모든 좋은 곡이 다 2절이 있어야 한다는 의미는 아니다. 내가 정말 좋아하는 어반자카파의 〈널 사랑하지 않아〉, 노고지리의 〈찻잔〉, 노을의 〈만약에 말야〉 등과 같은 노래는 모두 다 넉 줄 안팎의 가사가 반복되고, 이게 가사의 전부다.

의식하지 않으면 이렇게 짧은 가사의 반복임을 모르고 지나치는 사람이 많다.

어떻게 이대로 좋은가? 그 이유를 곰곰이 생각해 봤는데, 우선 짧은 만큼 더 여러 번 반복되어서다. 기계적으로 2절을 반복하는 게 아니라 곡이 흐르는 내내 세 번이고 네 번이고 반복하면서 감정의 색이 진해진다. 진심이 강조되는 효과가 있는 거다.

한 가지 더. 내 생각엔 이게 더 중요한데, 이 곡들의 작곡가가 직접 작사했기 때문인 것 같다.

감정을 극도로 압축하여 몇 줄의 짧은 가사에

다 넣을 수 있는 건 표현된 감정에서 부족한 나머지를

곡의 멜로디가 채워주기 때문이다. 곡의 감성을

가장 잘 이해하고 있는 작곡가이기에 가능한 일이다.

나는 작사만 하기에 비교적 한계가 있다.

그렇다 보니 감정을 충분히 담아내고 싶어

2절을 새로 쓰는 때가 많다. 따라서 이는

나만의 규칙이고, 일반적인 건 아니다.

〈그 여자〉도 이런 마음으로 2절을 써나갔다.

순정 만화처럼 여자의 감정이 점점 고조되어 간다.

2절을 쓰며 울컥하여 '그래서 웃는 법을 배웠답니다'

'그래서 그 여자는 그댈 널 사랑했대요 똑같아서'를

썼다. 이게 내가 감정을 차곡차곡 쌓는 과정이다.

멜로영화를 볼 때 시작부터 주인공의 처지에

슬퍼하는 경우는 없다. 주인공의 상황과 캐릭터에

대한 이해가 켜켜이 쌓이면 클라이맥스에서 비로소

그의 감정에 이입되는 것처럼, 가사도 마찬가지다.

너무 갑작스럽거나 인위적이지 않도록,

자연스럽게 쌓아가며 설득력을 얻어야 한다.

내 앞에는 눈부신 희망만 있을 줄 알았지

간혹 감정이 너무 차오르다 보면 오버하는 경우도
있다.

'한 여자가 그대를 사랑합니다 / 그 여자는 열심히
사랑합니다 / 매일 그림자처럼 그대를 따라다니며 /
그 여자는 웃으며 울고 있어요 // 얼마나 얼마나 너를
이렇게 바라면 보며 혼자 / 이 바람 같은 사랑 이 거지
같은 사랑 / 계속해야 니가 나를 사랑하겠니'

여기에서 원래 내 감정은 '이 거지 같은 사랑 /
이 지랄 같은 사랑'이었다. 내가 볼 땐 진짜 괜찮은 것
같았는데, 반대 의견이 있었다. '지랄'이라는 단어는
발라드에 넣기에는 너무 나갔다는 거다.
그래서 '이 지랄 같은 사랑'을 '이 바보 같은 사랑'으로
바꿨다. 괜히 쓸데없는 고집 때문에 드라마 전체의
분위기를 해치면 안 되니까.
고집을 피워야 하는 순간과 피드백을 겸허히
수용해야 하는 순간을 알아채야 한다.
한껏 감정을 터뜨려 하고 싶은 이야기를 쓴 후에,

곡의 이미지를 고려하여 조금씩 다듬는 과정을
거쳐야 하는 이유다.

드라마를 기억하는 방법, OST

〈그 여자〉를 작업할 때 제일 우선하여 고려한 점은
바로 OST의 정체성이었다. 당연한 얘기지만,
OST는 OST가 아닌 곡들과 큰 차이가 있다.
먼저 OST는 감정의 흐름이 정확해야 한다.
더 쉽게 얘기하자면, 〈그 여자〉와 같은 OST는
그 드라마 안이 아니라 밖에 있는 곡이면서도
분위기는 해당 드라마에 맞춰야 한다.
뮤지컬에 나오는 노래와 비교해 보면 쉽다.
뮤지컬 곡들은 작중 이야기의 부분적 장면을
그려내기에 곡이 등장하는 곳마다 번호를 붙였다는
이야기가 있다. 뮤지컬 음악을 '넘버Number'라고
부르는 것이 여기서 유래했다고 한다.
이와 달리 〈그 여자〉와 같은 OST는 곡이 가진 세계

내 앞에는 눈부신 희망만 있을 줄 알았지

안에서 그것만의 또 다른 서사가 작동한다.

그러다 보니 그 노래만 따로 들어도 생뚱맞지 않게 들리면서 동시에 드라마의 흐름과도 잘 어우러져 분위기를 이끌 수 있어야 한다. 감정선이 명확히 존재해야 하는 이유다.

이 부분이 가장 어렵다. 드라마의 감정선을 극대화하지는 못할망정 그걸 해치면 안 되는데, 그 방법은 드라마 바깥에 있어야 한다는 것 말이다. 드라마 《시크릿 가든》의 한 장면을 떠올려보자. 대부분의 사람은 《시크릿 가든》하면, 두 주인공의 거품 키스나 윗몸일으키기를 하다 '길라임 씨는 언제부터 이렇게 예뻤나?' 묻는 장면을 떠올린다. 그런데 〈그 여자〉는 그 구체적 상황을 묘사하는 것이 아니라, '이들이 앞으로 어떤 식으로 흘러가겠구나'를 암시하는 무드만 보여준다. 즉, 드라마 밖에서 드라마를 전체적으로 끌고 간다. 그렇지 않고 드라마 안에서 함께 흘러가면 서로 부딪힐 수 있다. 이렇듯 〈그 여자〉는 드라마의 디테일을 더하는 대신에 전체적인 분위기를 끌고 가는 OST다.

드라마를 끌고 간다는 건 무슨 의미일까?

드라마에는 〈그 여자〉와 같은 메인 테마가 있고

그 외에 남자주인공과 여자주인공 등 작중 이야기와

좀 더 밀접한 개별 테마가 있다.

예를 들어 《최고의 사랑》이란 드라마 OST인

〈나를 잊지 말아요〉는 〈그 여자〉와 비슷하게

드라마의 전체적인 흐름을 담은 메인 테마다.

드라마 안의 서사와는 별개로,

앞으로 전개될 방향성을 보여주기 위해

드라마 바깥에서 감정선을 정리해 주는 OST의

대표적 사례인 셈이다.

반면, 같은 드라마 속에 삽입된 OST 중

〈아이캔't 드링크〉는 〈나를 잊지 말아요〉와는

역할이 다르다. '난 술을 못 마셔요'라는 가사가

드라마 안의 이야기에 포함되어 있다. 이 경우에는

곡이 드라마의 특정 장면이나 상황을 표현해 주면서

여주인공의 마음을 디테일하게 대변해 주는

기능적인 역할을 하는 것이다.

내 앞에는 눈부신 희망만 있을 줄 알았지

드라마 내용, 어디까지 알고 쓸까?

"시놉시스를 다 보고 쓰시는 거예요?"

OST 작업에 대해 자주 받는 질문 중 하나다.
일단 답부터 하면 '아니요'다. 전체적인 스토리를
모두 알고 쓰는 건 오히려 작업하는 데에 방해된다.
물론 이는 작업자 스타일마다 다르다.
그런데도 나 역시 작업에 들어가기 전
반드시 먼저 확인하는 사항들은 있다.
먼저 장르가 로맨스인지, 정통 드라마인지를
파악한다. 그리고 이 드라마만의 특별한 소재나
장치가 있는지를 묻는다. 또 극본을 누가 쓴 건지도
알아본다. 드라마 작가마다 이야기를 풀어가는 방식,
전체적인 톤과 색채가 다르기 때문이다.
가령, 홍자매 작가는《최고의 사랑》처럼 아기자기한
작품을 많이 쓴다.《마이걸》《환상의 커플》과 같이
톡톡 튀면서 사랑스러운 여주인공 캐릭터가 많다.
김은숙 작가 작품에는《도깨비》《상속자들》과 같이

주어진 고난을 극복해 나가는 당찬 캐릭터가 많다.
그러면서 문학적 감수성이 깃든 대사로
시청자가 확 몰입하게 하는 특징이 있다.

"남자, 여자 중에 누가 더 좋아해?
삼각관계야, 아니면 사각관계야?"

내게 들어오는 OST 작업의 장르는 로맨스가 많기에
작곡가나 제작자에게 이런 질문을 꼭 하는 편이다.
곡을 쓸 때 전체적인 감정을 잡는 데 아주 좋은 힌트가
되기 때문이다.
〈그 여자〉를 작사하기 전 드라마에 대해 작곡가에게서
전해 들은 내용은, 남자는 까탈스러운 성격의
재벌 2세이고 여자는 스턴트우먼인데,
나중에 남녀 주인공의 영혼이 바뀐다는 것.

"처음에 누가 더 좋아해?"
"첨엔 여자가 더 좋아할걸?"

내 앞에는 눈부신 희망만 있을 줄 알았지

여기까지가 내가 본격적인 작업을 시작하기 전
입수한 사전 정보의 전부였다.

그 후에는 작품에 대한 세부 정보에 관심을 껐다.
작사가 잘 풀리지 않는다고 해서 비슷한 콘텐츠를
찾아보지도 않았다. 레퍼런스가 효과적인 힘을
발휘하려면 그 시점은 특정 작업이 시작된 후가
아니다.

한창 작업하다가 안 풀린다고 다른 걸 참고하는 건
도리어 독이다. 이는 오리지널리티를 지키는
나만의 원칙이기도 하다. 다른 유사한 좋은 것들을
찾아본다는 것은 내가 지금 하고 있는 게
맘에 안 찬다는 의미니까. 이런 식으로 작업하면
점점 기가 죽는다. 자신감이 충만해야 새로운 것이
나올까 말까 한데, 자기 확신도 없다면
결과물이 좋을 리 없다. 표류하는 바다에서
목마르다고 바닷물을 마실 순 없지 않은가?
그런 실패를 경험해 보고서 뼈아프게 얻은
깨달음이다.

아내가 담배를 허락한 이유

대부분의 작사 작업엔 마감 기한이 정해져 있지만,
OST처럼 뒤에 이어진 스케줄이 있는 경우에는
마감에 대한 심적 압박이 훨씬 크다.
보통은 의뢰 후 일주일 정도 안에 작업을 끝내는데,
이 곡은 받은 지 일주일이 다 되도록 첫 줄에서
더 나아가지 못하고 있었다. 처음 곡을 듣고
지영 씨가 부를 거라는 얘기에 신났던 것과는 달리,
시간이 흐를수록 '이거 좋은 드라마를 괜히 내 가사가
망치는 건 아닐까' 자신감이 바닥을 쳤다.

'한 여자가 그대를 사랑합니다 / 그 여자는 열심히
사랑합니다 / 매일 그림자처럼'

여기까지 쓰고서는 자꾸만 브레이크가 걸렸다.
'열심히' '그림자' 이게 발라드에 어울리는 말일까,
스스로 의심하면서 말이다.
그러니 다음 가사로 나아가질 못했다.

111

내 앞에는 눈부신 희망만 있을 줄 알았지

내가 패착에 빠질 때를 되새겨보면 역시나
지엽적인 부분에 집착할 때였다. 받침을 고치고
'열심히'라는 단어를 바꾸고 '그림자'라는 말이
너무 촌스러운 건 아닌지 의심하고….
딱 그렇게 안 풀리는 상황이었다.
일주일이 지나면서부터는 깊은 잠을 못 자서 새벽에
일어났다 눕기를 반복했다. 이토록 초조해하는
내 모습을 보다 못한 아내가 한숨을 푹 쉬며 말했다.

"그냥 피워요, 담배."

그렇게 스르륵 침대에서 빠져나왔더니 전에 아버지가
딱 두 잔 드시고 간 시바스 리갈이 눈에 들어왔다.
원래 나는 집에서 절대 술도 담배도 안 했는데,
그때만큼은 그걸 옆에 두고 홀짝이면서
담배를 태우며 가사를 쓰기 시작했다.
며칠 힘들었던 것들이 몽글몽글한 감정으로 부유하며
뭔가가 머릿속으로 휙 올라왔다.

'매일 그림자처럼 그대를 따라다니며 /
그 여자는 웃으며 울고 있어요'

드디어 다음 줄을 썼고, 술기운이 긴장한 세포들을
노곤하게 만들었다. 순간 '얼마나, 얼마나'가
떠올랐다. 그렇게 다음을 채우고 '그 여자는 성격이
소심합니다 / 그래서 웃는 법을 배웠답니다'라며
이어 나갔다.
내가 눈물을 흘리며 쓴 노랫말이 몇 개 있는데,
〈그 여자〉가 바로 그 하나다. 특히 저 가사를 쓸 때는
어느 순간 감정에 파고들면서 눈물 닦을 새도 없이
쭉쭉 써나갔던 것 같다.

'친한 친구에게도 못하는 얘기가 많은 /
그 여자의 마음은 눈물투성이'

어쩐지 나의 가슴속을 풀어내는 듯했다.
그러곤 '얼마나 얼마나'가 다시 반복되고,
갑자기 여기에서 '그래서 그 여자는'이라고 썼다.

내 앞에는 눈부신 희망만 있을 줄 알았지

사실 노랫말에 '그래서'가 나오는 경우는 흔치 않다.
화자가 자기 얘기를 하는 데도 너무 문어체 서술이
되어버리니까. 하지만 이미 내 감정에 빠져 이야기를
쓰고 있었기 때문에 기존에 갖고 있던 관점이나
기준에 따라 뭐는 되고, 뭐는 안 되고를 상관하지
않고 쓰기를 멈추지 않았다.

'그래서 그 여자는 그댈 / 널 사랑했대요 / 똑같아서'

원래 가사란 노랫'말'이다. 화자가 말하는 걸 써내는
것. 그러니 글과는 다르다. 하지만 〈그 여자〉는
가사가 꼭 말이어야 한다는 생각을 탈피해서 마음
가는 대로 썼는데, 그게 이 곡에는 되레 잘 어울렸다.
그림자처럼 그 앞에 나서지도 못하던 소심한 여자가
남몰래 일기장에만 숨겨두었던 마음을
고백을 대신해서 들려주는 장면도 생각나고.
어쨌든 한번 생각을 바꾸니 용기가 생겼다.
스스로 쳐둔 한계선을 걷어내니 거칠 것 없이
자유로웠고 속도도 붙었다.

이제 가사의 공식이라든가, 발라드의 조건이라든가
하는 생각 없이 그저 곡의 화자가 되어 썼다.
새벽 두 시 반, 마침내 전체 가사를 다 써냈다.
모처럼 가벼운 마음으로 안방에 들어갔더니
아내가 "고생했어…"라면서 등을 토닥여주었다.
그동안의 맘고생을 기어이 인정받은 듯해서
새벽이슬을 맞고 온 것처럼 기분이 상쾌해졌다.
그렇게 다음 날 가사를 보내고서
"내일 바로 녹음합시다"라는 말을 들었다.
이 곡을 쓴 전해성 작곡가와는 그때 처음
합을 맞춘 것이었지만 그전부터 친분은 있었다.
시놉시스는 보지 않았지만, 남녀 두 주인공의 영혼이
바뀐다고 했으니, 이 노래를 〈그 남자〉 버전으로
녹음해도 좋겠다고 의견을 내보았다. 그렇게
내 의견이 수용되어 현빈 씨 버전까지 진행됐다.
힘들었지만 흥미로웠던, 아직도 그 때를 떠올리면
당시의 기분이 한 올 한 올 생생하다.

내 앞에는 눈부신 희망만 있을 줄 알았지

혼자서 만든 가사는 없다

"사랑 이야기가 아닌 어머니의 마음 같아요."

〈그 여자〉를 부른 지영 씨의 이 감상평은
작사가에게 극찬 중의 극찬이었다.
결국 절대적인 사랑은 서로 통하는 것이 아닌가.
정말 순수하고 완전한 사랑에 관해 쓰고 싶었는데,
무대에서 이 곡을 부르는 사람이 엄마가 생각났다는
건 내가 사랑을 제대로 썼다는 소리다.
어머니의 사랑만큼 완벽한 사랑은 또 없을 테니.

'이 곡은 나한테 많은 걸 주네.'

어떤 곡이 잘됐을 때, 특히 가사에 대한 칭찬이 제법
들려올 때 이것으로 나를 내세우는 우를 범해서는
안 된다. 단적으로 말하자면, 곡이 잘되는 건 모두
내 덕이 아니다. 이건 겸손이 아니다. 생각해 보라.
곡이 히트했을 때 제작자와 가수에게 얼마나

고맙겠는가?

나는 가만히 있는데 그들이 보도자료를 내주고

방송에서 노래를 불러준다. 더러는 따로 샴페인을

보내주며 어떻게든 내게 감사의 뜻을 표한다.

그때는 그냥 가만히 있으면 된다. 가령,

"내 덕이니까 다음부터 잘해"라며

농담이라는 투로 거들먹거리기라도 하면

처음에 고맙다고 생각해 주던 상대의 마음이

'좋은 곡 받아서 좋은 가수가 히트시켜 준 걸

고마운 줄도 모르고 거만하게…'로 바뀐다.

그리고 실제로도 곡이 좋아야 가사도 빛을 보는 건

엄연한 사실이다. 좋은 가수에 관한 언급은

두말할 필요도 없고.

현실적인 이야기를 해보자. 하나의 곡이

세상에 나오는 과정에서 먹이사슬이 있다면

그 제일 밑이 바로 작사가다.

작곡가는 제작자, 편곡자, 세션, 가수 그리고

작사가 등 모두를 컨트롤해야 하기에

일이 열 배는 많고, 그 책임감 또한 엄청나다.

그에게 "다 네 덕이다"라고 말하는 건
원만한 사회생활을 위한 센스일 뿐 아니라,
순수한 진심이기도 하다.
작사가는 곡이라는 '방'에 들어가 화자가 하고픈 말을
우리의 언어로 대신 풀어주는 사람이다.
작곡가에게 가사를 보낸 뒤에는 곡의 방에서
문을 닫고 나와야 하는 것이다.
그리고 그때부터 작곡가와 가수가 가사에 생명력을
불어넣어 준다. 그렇기에 내 가사 덕에 이 곡이
잘됐다고 생각하는 순간, 그 사람은 작사가로서
긴긴한 에너지를 상실한 것이나 마찬가지다.

"사랑 이야기가 아닌 어머니의 마음 같아요"
"가사들이 모두 다른 사람이 쓴 것 같아요"

이런 칭찬이 내 수고에 대한 보상이 아닌, 선물인
이유다. 우리가 함께했던 시간을 기념하고 감사하는.
작사가만 잘해서 잘되는 곡은 없으니까.

A-Side Story

그 여자

작곡 전해성
작사 원태연
노래 백지영

한 여자가 그대를 사랑합니다 그 여자는 열심히 사랑합니다
매일 그림자처럼 그대를 따라다니며
그 여자는 웃으며 울고 있어요

얼마나 얼마나 더 너를 이렇게 바라만 보며 혼자
이 바람 같은 사랑 이 거지 같은 사랑
계속해야 네가 나를 사랑하겠니

조금만 가까이 와 조금만 한발 다가가면 두 발 도망가는
널 사랑하는 난 지금도 옆에 있어 그 여잔 웁니다

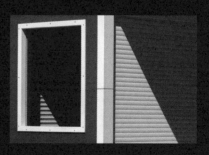

그 여자는 성격이 소심합니다 그래서 웃는 법을 배웠답니다
친한 친구에게도 못하는 얘기가 많은
그 여자의 마음은 눈물투성이

그래서 그 여자는 그댈 널 사랑했대요 똑같아서
또 하나같은 바보 또 하나같은 바보
한번 나를 안아주고 가면 안 돼요

난 사랑 받고 싶어 그대여 매일 속으로만 가슴 속으로만
소리를 지르며
그 여자는 오늘도 그 옆에 있대요

그 여자가 나라는 걸 아나요 알면서도 이러는 건 아니죠
모를 거야 그댄 바보니까

얼마나 얼마나 더 너를 이렇게 바라만 보며 혼자

이 바보 같은 사랑 이 거지 같은 사랑

계속해야 네가 나를 사랑 하겠니

조금만 가까이 와 조금만 한발 다가가면 두 발 도망가는

널 사랑하는 난 지금도 옆에 있어 그 여잔 웁니다

우연한 기쁨과 슬픔

#5

술 한잔해요 / 지아

직장 생활의 기쁨과 슬픔

우여곡절 끝에 영화를 찍고 나서 대박이 났다면
좋았겠지만, 고생이 무색하리만큼 나쁘지도
좋지도 않은 평가를 받았다. 생계도 걸려 있었고
나는 다시 작사를 하기로 했다.
그렇게 입사한 로엔엔터테인먼트(현 카카오엠)에서
한동안은 적응이 힘들었다. 아무리 내가
자유로운 영혼이라 해도 일단 생애 처음으로
직장인이 되었으니 최소한 몇 달은
열심히 다니는 모습을 보이는 게 도리 아닌가.
모름지기 직장인이라면 같은 시간에 밥을 먹고,
커피도 마시고, 또 일 끝나면 우르르 회식에
따라다녀야 했다. 물론 원래 사람을 좋아하는
성향이라 일의 압박이 없을 때는 이런 게 크게
힘들지 않았지만, 문제는 마감을 앞두었을 때다.
뭔가 해내야 할 게 생기면 나는 극도로 예민해지고
초초초집중을 해야 한다.
중요한 일을 하는 동안에는 아침에 눈 뜨고 잠들

내 앞에는 눈부신 희망만 있을 줄 알았지

때까지 묵언수행 수준으로 말도 잘 안 한다.

한마디로, 눈 뜨면 일 생각만 한다. 이를 잘 아는
아내는 내가 일할 때 함부로 말도 잘 안 건다.

그런데 직장 생활이라는 건 그럴 수가 없는 법.

일이 풀리지 않아 예민한데도 사람을 만나면
애써 웃는 가면을 걸치고 잠깐이라도 잡담을 나눠야
하는 게 직장인의 문화이니.

그렇다고 무단으로 회사엘 안 나갈 수도 없고.

내 방이 따로 있긴 했지만, 출근하면서부터 퇴근할
때까지 남을 전혀 의식할 필요 없는 사적인 시간과
공간이 절실했다.

혼자서 되는 대로 일했던 탓에 그 나이 먹도록
직장 생활 센스도 어설프기 짝이 없었다.

한번은 다 같이 회의를 하는데, 뭘 자꾸 바꾸라는
본부장님 앞에서 너무 분한 마음에 볼펜을 툭 던지고
회의실을 나가버리는 난리 쇼를 벌인 적도 있다.

평소 사적으로 호형호제하던 본부장님은
나중에 나를 따로 불러내 웃으며 말했다.

A-Side Story

"야 인마, 너 아무리 나랑 편해도
직원들 앞에서 나한테 그럼 안 되는 거야."

그 말 한마디에 나는 형님과 같이 태우던 담배를
왠지 꺼버렸다. 돌이켜봐도,
내 하극상을 그쯤에서 참고 넘어가신 게
그분이 얼마나 나를 아껴주셨던 건지 알겠다.
그러던 와중에 입사 후 첫 작업으로 하게 된 곡이
이주호 작곡가와 함께한 〈술 한잔해요〉다.
처음 들었을 때는 솔직히 말해서 막 감흥이 생기진
않았다. 곡이 나쁘단 의미는 아니고,
내가 좋아하는 스타일이 아니었다.
공식처럼 4-3-3-3 정확하게 딱딱 떨어지는
전형성을 띤 곡이었다.
초등학생 공책처럼 네모칸에 맞춰 반듯한 정자로
써내야 할 것 같은 느낌이 들어서랄까.
아무래도 개인적 선호일 뿐, '와, 이거 얼른 작사하고
싶다!' 신나는 느낌이 덜했다.

하지만 그와 별개로, 영화를 찍고 나서 얼마
안 된 상태였으니 다시 작사 작업에 감을 잡기 위해
예열이 필요한 상황이긴 했다. 간만의 작업이라
당연히 단번에 잘될 거라는 생각도 없었다.
그렇다고 해도 나는 직장인이 아닌가?
월급도둑이 되지 않으려면 단 거 쓴 거 고를
처지가 아니었다.
어쨌든 마감 일자는 다가오고, 작업은 마무리가
안 되고 있으니 스트레스가 이만저만이 아니었다.
자꾸 딴생각만 나고.
마침 사무실에서 멀지 않은 방배동에
이따금 한 번씩 들르는 포장마차 하나가 있었다.
김치도 맛있고, 오뎅 국물도 괜찮고…. 진짜 포장마차
감성이 있는 그런 데였다. 그때가 겨울이었는데
포장마차에서 한잔하고 싶은 생각이 딱 들었다.

막상 둘러보니 회사에서 친하게 지내는 사람들은
다들 한창 바빠 보였다. 제안했다가 까이면
미안하기도 하고 좀 그럴 것 같았다.

내가 원래 누구한테 먼저 술 먹자고 제안하는 편은
아닌데, 그래도 가끔 술이 고플 때 좀 편하게
연락하는 몇 사람이 있다. 그중 작사하는 후배
하나에게 전화를 걸어 거절당해도 민망하지 않게끔
반농담처럼 슬쩍 던졌다.

"술 한잔할래요?"

갑작스러운 제안에 상대는 "나 약속 있는데,
미안해요"란다. 연말을 앞둔 주말 금요일 저녁이니
당연히 다른 스케줄이 있겠지. 괜히 머쓱해지며
'오늘은 날이 아닌가 보다' 쓴 입맛을 다시고 있었다.
그때 일꾼이 딴생각하는 건 어찌 알고
때마침 작곡가가 방으로 찾아왔다.

"가사는 아직이야?"

작업을 독촉하러 온 주호에게 아직 안 됐다고 하니
"여태 안 쓰고 뭐 한 건데?" 살짝 날이 서게 반응한다.

내 앞에는 눈부신 희망만 있을 줄 알았지

"에이 잘 안 풀려서 그러는데, 그냥 요 앞에 가서
술이나 한잔하자."

거기다 대고 이랬으니 그로선 어처구니가 없었을
거다. 가사가 급한 상황에 작사가란 작자가
하는 소리라니.

"진짜 가사가 영 안 풀려서 그래. 딱 한잔하면
감정이 좀 올라올 거 같은데."

미저 예상치 못한 반응에 민망함이 번져
머리를 긁적이며 히죽대는 날 보고
주호는 얼굴에 대놓고 언짢음을 비쳤다.

"원 작가님, 지금 술 마실 시간은 있고요?"

이 말을 하고는 문을 탁 닫고 나가버린다.
잔말 말고 작사나 하란 거다.

첫 줄이 데려다준 삼정포차

어? 작곡가가 그러고 나가는데, 그때 뭐가 휙
지나가듯 '따끈따끈한 국물에'라는 말이 떠오른다.

'이거 좋은데?'

촉이 왔다. 나는 자세를 고쳐 앉고서 책상을 닦았다.
본격적으로 '작사 내림'을 받기 시작하려는
나만의 의식 같은 거다.
그때 나는 사실 며칠 작업실에만 있었기 때문에
머리도 못 감은 채였다.

'내가 감을 못 잡았던 거지,
멜로디가 살아 있는 노래네.'

저 문장을 붙여 멜로디를 상상해 보니
처음 느낌과는 달리 꽤 괜찮게 느껴졌다.
그러곤 이제 생각이고 뭐고 없었다.

내 앞에는 눈부신 희망만 있을 줄 알았지

계획이나 전략 같은 걸 짤 시간에
얼른 써 내려가야 할 순간.

'술 한잔해요 날씨가 쌀쌀하니까 / 따끈따끈 국물에
소주 한잔 어때요'

거절당했던 내 섭섭한 마음을 빌려 쓰니 술술 풀렸다.

'시간 없다면 내 시간 빌려줄게요 / 그대 떠나간 후에
내 시간은 넘쳐요'

여기까지는 아까의 내 심정을 가져다 썼다면,
다음부터는 이제 가사 속 화자가 된다.
가사에 숨은 얘기를 좀 하자면,
가사를 쓰며 떠올린 실제 커플이 있다.
이들이 연애하고 티격태격하다 헤어지는 과정을
옆에서 지켜볼 수 있을 정도로 서로 친했다.
그들의 이별 과정을 되짚어보며 마음을 헤아려보니
감정이 올라와 절로 가사가 이어졌다.

'우리의 사랑이 뜨겁던 우리의 사랑을 키웠던 /
그 집에서 먼저 한잔했어요'

그리고 이 곡의 하이라이트는 바로 여기다.

'그대 가슴에 안겨 그대의 가슴에 쓰러져 /
그대의 가슴에 무너져'

이 부분은 〈술 한잔해요〉의 브릿지Bridge다.
그런데 난 이 브릿지라는 부분을 원래 싫어한다.
처음부터 끝까지 분위기가 관통하는 곡이 아무래도
자연스럽고 좋게 들린다. 그런데 브릿지는
사비와 이어지게 하기 위해 마치 장면 전환처럼
분위기를 환기하고 감정을 고조시키는 구간이다.
그래서 브릿지에서는 새로운 멜로디가 추가되거나
작위적으로 감정을 증폭시키는 경우가 많다.
듣다 보면 어쩐지 뜬금없다는 느낌이 드는 이유다.
그런데 이 곡의 브릿지는 이 곡에서 빠져서는 안 될
하이라이트이기도 했다.

내 앞에는 눈부신 희망만 있을 줄 알았지

전환이라는 목적을 위한 '말'보다는, 정말 이별한
여자가 할 법한 이야기를 붙였고 비슷한 어구를
배열한 대구법으로 음률을 느낄 수 있는 가사를 썼다.
다 쓰고 나서 작곡가에게 가사를 보냈다.
새벽 3시쯤이었을 거다. 주호 입장에서는
아까 그렇게 내 방에서 한마디하고서 쌩 나가버린 뒤
몇 시간도 안 되어 가사를 받은 상황. 내 입장에선
솔직히 스스로 무릎을 탁 칠 만큼은 아니었고.

'아까 화 잔뜩 났던데. 이거 채택 안 해주면 어떡하지?'

가사를 보내긴 했어도 내심 걱정했다.
그런데 곧바로 작곡가에게서 메시지가 왔다.

"원 작가, 넌 천재야!"

휴, 그제야 취기 오른 사람처럼 긴장이 풀렸다.

누구나 술 한잔에 이별을 담근다

그렇게 녹음도 마쳤고 음원까지 발매했다.
그때까지만 해도 나는 크게 성과를 기대하진 않았다.
내심 기대하는 곡이라면 음원 차트를 살피며
긴장하곤 하는데, 이 곡에 대해서는 반응이 오는지
궁금하기보다는 다 털어서 홀가분한 마음이 컸다.

'난 내 할 일 다 했으니, 잘되면 좋고 아니어도 뭐.'

그런데 발매 다음 날로 넘어가는 새벽 두 시쯤,
모르는 번호로부터 문자가 왔다(사실 나는 아주 친한
사람이 아니면 휴대전화에 번호를 저장하지 않는다).

"형 가사는 진짜 돌았어요. 저 지금 그 나쁜 년이랑
자주 갔던 술집이에요."

다짜고짜 걸쭉한 육두문자에, 이게 대체 뭔 소린가
싶었다.

내 앞에는 눈부신 희망만 있을 줄 알았지

가사 어쩌고 하는 걸 보니 잘못 온 문자는 아닌 것
같은데. 그래서 바로 그 번호로 전화했더니,
우리 회사 직원 중 하나였다(놀랍게도 '그 나쁜 년'은
나도 잘 알고 있는 그와 나의 동료였다!).
나로선 꽤 충격적인 기억으로 남는 에피소드다.
어쨌든 이 가사가 울림이 있긴 있나 보다,
처음으로 생각했다. 하긴 사랑을 해본 사람이라면
이별도 해봤을 거고, 그들 모두에게 삼정포차로
불러내고 싶은 지나간 사랑 하나쯤은 존재할 거다.
이거 생각보다 훨씬 잘될 수도 있겠다는 기대를
처음 품어본 순간이었다.
그러고 보면, 이 곡의 마지막 가사인 '사랑해요
사랑해요 / 사랑하기 싫어서 미치겠어'라는 부분을
쓰게 된 배경을 얘기하지 않을 수가 없다.
이 구절은 아주 오래전 기억에서 가져온 거다.
그때 무려 삐삐 시대였다. 그러니까 〈술 한잔해요〉가
나오기 훨씬 이전의 일이다. 몇몇 지인과 술집에서
한잔 걸치고 있었는데, 갑자기 삐삐 알람이 울렸다.
음성 메시지라서 근처 전화부스에서 확인하는데

웬 모르는 여자 목소리가 녹음돼 있었다.

"오빠, 나도 미치겠어! 나도 오빠한테 이러는 내가
너무 싫어."

잘못 전달된 메시지였는데, 꽤 길어서 그 내용을
정확하게는 옮길 수는 없다. 하지만 저 '미치겠어'
'이러는 내가 너무 싫어' 만큼은 뇌리에 박혀서
또렷이 기억난다.
사랑하고 이별한 사람들이 이렇게나 넘치게
증언하고 있지 않은가. 이 정도면 이 가사는
진짜 살아 있는 이야기를 쓴 거구나 싶었다.
한번은 누군가 내게 물었다.

"〈술 한잔해요〉 가사가 너무 좋아요. 근데
마지막 줄은 대체 뭐예요? 사랑한다면서
사랑하기 싫어서 미치겠다니?"

나는 웃으며 이렇게 말할 수밖에 없었다.

내 앞에는 눈부신 희망만 있을 줄 알았지

"당신 진짜 사랑해 본 적 없지?"

나의 감성 활용법

나는 기억력이 진짜 안 좋은 편이다.
그런데 신기하게도 내게 뭔가 울림을 준
사소한 일화나 문장 같은 건 머릿속에 화석처럼
깊고 단단하게 새겨진다. 이런 것들이야말로
메모하지 않아도 내 안 어딘가에 박힌다.
그러다가 작사할 때마다 기다렸다는 듯 튀어나와
제 역할을 톡톡히 해준다.
만약 감성이라는 것에도 크기가 있다면 나는 그게
아주 작은 편이다. '감성 시인'으로 수백만 부
시집을 팔았다는 사람이 하기에는 민망한 소리지만
어쩌겠는가. 일단 나 자신은 그걸 너무 잘 안다.
다만 나는 감성의 폭이 좁은 대신
깊게 파고들어 가는 편인 것 같다.
감성의 폭이 넓은 사람은 자기 분야 안에서

자신의 스펙트럼만큼 다양한 얘기들을 풀어낸다.
나는 반대로 분야만 다양할 뿐, 하는 얘기는
결국 비슷비슷하다. 아마 내가 여러 분야를
넘나들게 된 것도 오히려 이런 핸디캡을
얼른 받아들였기 때문인 것 같다.

"작가님은 감성적인 소설도 잘 쓰실 것 같은데요?"

종종 이런 얘기를 들으면 "저는 기승전결이 있는
전형적인 소설을 절대 못 써요"라고 답한다.
나는 드라마나 소설 비슷한 걸 써도 서사가 옹골차게
짜인 것이 아닌, 감정의 세밀한 밀도 자체를 읊는
방식을 택한다. 그리고 내게 다가왔던 감정을
필터 없이 믿고 받아들이는 식이다.
감성을 드러내는 어떤 표현이 괜찮다는 생각이 들면
의심이나 편견 없이 어떻게든 잘 활용해 낸다.
이게 내 고유성이자 장점이다. NBA에서
170대 신장을 가진 가드 선수들이 자신의 신체적
약점을 얼른 받아들인 후, 점프력이나 속도 등으로

내 앞에는 눈부신 희망만 있을 줄 알았지

자신의 다른 장점을 살리는 것과 비슷하다.

그러니까 타인이든 어떤 매체나 책이든,

잠깐 눈여겨본 어떤 게 내 감성을 건드리면

아주 깊게 들어온다. 그러면 특별히 기억하려고

노력하지 않아도 머릿속에 콱 박히는 식으로(듣는

분들도 그렇게 들어주면 고맙다) 수집된다.

그래서 언젠가는 반드시 써먹게 되는 거고.

히트했던 대부분의 곡에는 내 예민한 감성을 건드린

장면이나 문장들이 다시 살아나 숨 쉬고 있다.

그렇게 오랜 숙성을 거치는 게

내 감성이 언어화되는 과정이다.

예를 들어, 친한 작곡가가 흘리듯 말한 걸

가사에 써넣은 적이 있다. 그걸 알아챈 그가

"와, 그 말을 이런 식으로 써먹는다고?" 하며

혀를 내두른 적이 있다.

가끔 내게 대단한 창작력이 있다고 기대하는 사람도

있다. 꽤 크게 성과 낸 적도 있었으니, 그 영광의

종소리를 잊지 못하는 것도 사실이다.

실은 그렇게 대단한 사람이 아니니, 이를 들킬까 봐

두려울 때도 있다. 하지만 어느 순간부터인가
그런 가식이 싫어서 인정해 버렸다.
나는 핸디캡이 있는 감성 작가이고,
대신에 내가 좋다고 느끼는 것에 대해서는
의심하지 않고 밀고 나갈 힘을 가진 사람이라고.

원신 원컷으로 찍은 뮤직비디오

보통 내 일은 작사를 넘기면 끝이다.
그런데 〈술 한잔해요〉는 뒤따르는 스케줄이 있었다.
내가 이 곡 뮤직비디오의 메가폰을 잡기로 했기
때문이다. 영화감독을 해봤으니 좀 다른 게
나오지 않겠느냐는 회사의 기대가 있던 모양이다.
이 곡의 뮤직비디오는 원신 원컷one scene one cut
기법으로 촬영해서, 보는 사람이 그 주인공의 심정에
잘 이입할 수 있다는 평가를 받으며 오래 회자되었다.
'원신 원컷'이란 뮤직비디오 찍는 기법의 하나를
말한다. 긴 호흡으로 한 컷으로 끝내는 거다.

제일 유명한 건 진주의 〈가니〉 뮤직비디오다.
이 기법은 동선이 굉장히 어렵다. 카메라 숏이
들어가기 이전에 이미 움직임이 다 계산돼 있어야
하기 때문이다.
뮤직비디오를 어떻게 찍어야 하나 고민하던 차에
방배역에서 지하철을 타고 가는데, 이상하게
지하철 건너편이 쫙 펼쳐지는 게 눈부시게 예뻤다.
뮤직비디오 전문 감독은 아니니 이런 촬영 기법이나
미장센 등에 대한 개념과 노하우가 별로 없었다.
아니, 솔직히 잘 모른다.
그냥 저 순간의 느낌이 좋아서 촬영감독에게
원신 원컷으로 찍고 싶다고 얘길 했다.
처음에는 촬영감독의 피드백이 좀 심드렁했다.

"원신 원컷 잘 나오면 멋있고 좋지.
근데 관건은 배우가 얼마나 잘해 주는지에 달렸어.
배우가 누군데? 그나저나 포장마차에서
그런 동선이 나올 수가 있나?"

나는 이런 쪽으로 경험이 있는 것도 아니었지만

일단 꽂히면 해내야 했다. 그 길로 용감하게

방배동 포장마차 주인 아주머니를 찾아가

이곳을 찍는 데 금액이 얼마나 드는지를 여쭤봤다.

그러면서 포장마차를 쭉 둘러보며 카메라 앵글을

상상해 보니, 도통 남녀 두 명이 연기하는 동선이

도저히 안 나온다.

그땐 뮤직비디오에 투자를 굉장히 많이 할 때였다.

그렇다고 무턱대고 돈을 펑펑 쏟아부을 수는 없는 법.

셈을 해보니 남자 배우 출연료를 빼면

세트를 지을 수 있었고, 대신 여자 배우 단독으로만

찍으면 가까스로 답이 나왔다.

그렇게 세트를 지어놓고서 촬영을 하기로 했다.

고맙게도 배우 남상미 씨가 출연을 확정했고,

촬영 당일 속초에서 드라마를 찍다가 우리가 지어둔

세트장까지 와주기로 했다.

내 인건비와 남자 배우 출연료를 세트 짓는 데에

다 쏟아붓고 우리나라에서 각 분야 최고로 불리는

스태프들을 모셔 왔다.

내 앞에는 눈부신 희망만 있을 줄 알았지

문제는 뮤직비디오가 아닌 주로 영화를 찍어온
분들이었다는 거다. 게다가 배우가 드라마 스케줄을
소화하러 다시 속초로 가야 했기에 그전에 우리
촬영을 마쳐야 했다. 제아무리 촬영에는 귀신이라고
해도 뮤직비디오 촬영에서 예기치 않은 문제가
생겼을 때 잘 대처할 수 있을지 조바심이 날 수밖에.
일단 나는 전체 스태프에게 다 나가 달라고 부탁하고,
남상미 배우와 둘이 세트장에 남았다. 그 넓은 곳에
덩그러니.

"감독님, 지… 속초에 7시까지 떨어져야 하는 거
아시지요?"

남상미 배우 본인도 시간이 너무 촉박하니 서둘러
찍어야 한다는 부담이 있는데, 마음이 긴장과 초조에
쫓길 수밖에 없었다. 그럼에도 불구하고 아무 일도
없다는 듯 앉아만 있는 내게 조심스레 물어왔다.
나는 속으로 4시 반에는 출발해야 한다는 사람을
계속 붙잡아둘 순 없고, 어떻게 설득해서 촬영을 잘할

수 있을지 머리 터지게 고민 중이었다.

그냥 그 순간, 가만히 있어 보고 싶어졌다.

나는 말을 잘하진 못하지만, 말을 안 하는 건

정말 자신 있는 사람이다. 급하다는 여배우를 앞에

두고서 가만히 입을 다물고 우두커니 앉아 있던 거다.

쳐다보지도 않고 말을 걸지도 않고 무슨 표정도 없이.

"감독님…, 뭘 찍어야 하나요?"

20여 분이 지나자 남상미 씨가 아까보다 더

조심스러운 태도로 물었다. 그 순간이었다.

내가 원하는 배우의 표정이 딱 나왔다.

초조하고, 불안한.

"그냥 이렇게 앉아서 울어줄 수 있나요? 아,

안 울어도 되고요. 제가 3시 반에는 보내드릴게요.

그 대신 저 내려간 다음에 30분만 있다가 내려오세요.

아무것도 바라는 거 없고 저는 그냥 이게 다예요."

내 앞에는 눈부신 희망만 있을 줄 알았지

그러고서 나는 진짜로 세트장에서 내려왔다.

'내가 지금 무슨 말을 한 거야? 웬 미친 짓이지?'

물론 반신반의했다. 하지만 한편으로는
오히려 더 차분해졌다. 그냥 근거 없는 예감이었다.
잘될 것 같았다.
당시에는 필름을 썼다. 진짜 포장마차 세트를
지어놨으니 그 현장감을 보여줘야 하고, 조명이나
차가 지나가는 조명 등이 있어야 해서 미술감독이
고생깨나 했다. 그 상태에서 카메라가 있고 혼자
우두커니 앉아 있는 남상미 씨를 찍는 것이다.
동선도 직진이고. 그렇게 미친 세팅을 하고서
두 테이크 만에 드라마가 나왔다.
필름으로 찍는 당시에는 한 통을 다 쓴다는 게
꽤 부담스러운 일이었다. 디지털처럼 지우는 게
아니라 새겨지는 대로 써야 한다. 시간도 없고,
곧 다음 스케줄이 있는 배우를 여러 번 울리는 것도
몹쓸 짓이다. 감정을 쥐어짜는 건 서로 힘든 일이니까

당연히 결과물도 좋을 리 없다.

첫 테이크가 일단 들어가고, 〈술 한잔해요〉가

흘러나왔다. 배우는 손가락에 낀 반지 하나를

만지작거린다. 흑백 화면을 걸어둔 채로 숏이

들어간다. 이제 막 들어온 손님이 다른 테이블을 향해

반가운 몸짓을 하고, 종업원은 그 옆을 지나치고…

카메라는 계속 돌아간다.

당시 촬영 때는 배우들이 가져온 옷을 그대로 입는 게

보통이었다. 그런데 그때 세트 안에 흰색 상의가

눈에 띄었다. 화려해서 뭔가 더 처연하게 보였다.

"이거 좀 입어줄 수 있어요?"

그렇게 옷을 바꿔 입고 두 번째 테이크를 찍은 것으로

오케이를 했다. 촬영을 마치고 약속한 시각에 바로

배우를 보내드렸다.

무식하리만큼 용감하게 찍은 이 원신 원컷의

뮤직비디오에는 최근까지도 '2025년 있나요?'라는

댓글이 달린다. 2009년에 나온 노래지만

145

내 앞에는 눈부신 희망만 있을 줄 알았지

해가 바뀔 때마다 다시 또 들으러 온 사람들이 서로
공감을 나누려고 묻는 말이다. 그 정도로
이 뮤직비디오는 오랫동안 사랑받고 있다.

무산된 술 3연작

〈술 한잔해요〉가 예상치 못하게 대히트하고 나서,
나는 이 성공을 더 확장해 보면 좋겠다고 생각했다.
당시에도 로엔은 음반 제작은 물론, 배급도 하는
총괄 엔터테인먼트사였기에 가능했다. 그래서 지아,
이주호 작곡가, 나 이렇게 셋이서 '술 3연작'을
기획해 보자면서 "이건 된다!"라며 신이 났었다.
나를 '감성 시인'으로만 아시는 분들은 의외라고
보시겠지만, 나는 어떤 프로젝트를 할 때마다
그 콘셉트와 역할에 맞게 얼른 스위치를 하는 것이
어렵지 않다.
기획도 빠르게 진행되었다. 술 3연작 시리즈는
〈술 한잔해요〉〈술을 못해요〉 그리고 거기에

〈필름이 끊겼어〉로 이어지는 흐름으로 정했다.

일단 대중들에게 폭발적인 반응이 있을 거란

확신이 들었다. 왜냐하면 이런 '이별과 술'에 관한

보편적 수요가 있음을 이미 〈술 한잔해요〉로

확인했고, 지아는 노래를 너무나 천재적으로 잘했고,

나와 주호는 곡을 만드는 데에 합이 좋았으니까.

반농담처럼 '소주 광고 하나는 떼놓은 당상이다'

말하며 진짜 기분 좋게 기획했다.

또 가슴 한편에는 이 정도 가창력을 가진 지아가

지금보다 훨씬 더 많은 인기를 누려야 한다고 생각한

것도 있다. 공중파에도 많이 나오고, 사람들이 가창력

있는 가수를 언급할 때 바로 떠올릴 정도로 널리

인정받았으면 했다. 그렇게 정말 잘되면 좋겠다는

마음을 담아 열정적으로 기획했다.

그래서 시리즈의 두 번째로 내려던 〈술을 못해요〉

콘셉트로 주호와 함께 꼬박 이틀 동안 밤새워가면서

곡을 세우는 작업을 했다. 그런데 며칠 뒤 회사에서

"원태연 작가님 미안합니다"라며 나와 그가 만든 곡을

다른 작사가에게 넘겨버렸다.

이유도 설명해 주지 않았다. 처음에는 너무 화가
났으나 회사 차원의 결정이니 뭐 어쩌겠는가?
분하고 억울해도 참아야지.

이 곡이 무슨 제목으로 나왔는지도 나는 아직도
모른다. 찾아보고 싶지도 않았다. 단지 아직도
아쉬운 게 하나 있다면, 나랑 꼬박 밤새워 작업했던
곡이니 그때 회사에서 작사가를 변경하자 제안했을
때 작곡가가 거절해 주었더라면 꽤 멋있지 않았겠나,
내심 서운하긴 했다(지금은 서로 속내를 얘기하고
풀렸으니 추억 삼아 이야기할 수 있다).

가수인 지아링은 나중에 술 마시며 풀었다.
이제는 안줏거리 삼아 웃으면서 할 옛이야기지만,
내 마음이 진심이었던 만큼 그 당시에는
크게 마음 앓이를 했다.

그러던 와중에 백지영 씨에게서 연락이 왔다.
원래 본인이 작사하려던 곡이 있는데 잘 안 풀려서
내가 해주었으면 한다고.

공교롭게도 〈아이 캔't 드링크〉라는 제목으로 가사를
썼다(〈술을 못해요〉로는 못하니까). 이 곡은 원래 지영

씨의 정규 앨범에 들어간 곡인데,
운 좋게도 나중에 〈나를 잊지 말아요〉가 삽입된
드라마《최고의 사랑》후반부에 OST로 삽입됐다.
이 작업이 〈술 한잔해요〉 이후 속상했던 마음을
꽤 해소시켜 주었다.
〈술 한잔해요〉를 작업할 때를 돌아보면 이렇게
추억이 많다. 힘들었는데 의외로 잘되어 행복했고,
서운했지만 술 한잔으로 풀렸던 이야기들….
그때는 감정이 요동치던 커다란 일들이
길게 보면 역시나 하나의 인생이라는 구불구불한
선을 그리는 낱알 같은 점일 뿐이다.
달고 쓴 소주의 맛처럼 인생도 때론 달고 쓰다.
수많은 우연이 빚어내는 인생의 희로애락은
지난 후에 보면 누군가 미리 잘 설계해 둔 운명 같다.
그렇게 생각하면 어떤 고난도 나를 괴롭힐 수 없고,
또 얼굴을 찌푸리지 않을 수 있다.
우리의 인생이란 다 그런 건가 싶다.

내 앞에는 눈부신 희망만 있을 줄 알았지

술 한잔해요

작곡 이주호
작사 원태연 · 최은하
노래 지아

술 한잔해요 날씨가 쌀쌀하니까
따끈따끈 국물에 소주 한잔 어때요
시간 없다면 내 시간 빌려줄게요
그대 떠나간 후에 내 시간은 넘쳐요

눈치 없는 여자라 생각해도 좋아요
난 그냥 편하게 그대와 한잔하고 싶을 뿐

괜찮다면 나와요
우리의 사랑이 뜨겁던 우리의 사랑을 키웠던
그 집에서 먼저 한잔했어요
조금 취했나 봐요 그대가 내 앞에 있는 것 같아
바보처럼 자꾸 눈물이 나요

그대 마음이 차갑게 식어갔듯이
따뜻했던 국물도 점점 식어가네요
한 잔 더 하고 이제 난 일어날래요
비틀대는 내 모습 보기 싫어질까 봐

오늘따라 그대가 너무 보고 싶어서
난 그냥 편하게 그대와 한잔하고 싶었죠

괜찮다면 나와요
우리의 사랑이 뜨겁던 우리의 사랑을 키웠던
그 집에서 먼저 한잔했어요
조금 취했나 봐요 그대가 내 앞에 있는 것 같아
바보처럼 자꾸 눈물이 나요

술잔 속엔 눈물이
마음속엔 그대가
흘러넘치잖아

그대 가슴에 안겨 그대의 가슴에 쓰러져
그대의 가슴에 무너져 마음 놓고 울어보고 싶어요
늦게라도 와줘요 나 혼자 이렇게 울게 하지 마
우린 항상 같이 있었으니까

사랑해요 사랑해요
사랑하기 싫어서 미치겠어

ㅂㄴㄴ

이어지는 내용은 책을 거꾸로 펼치고 앞에서부터 읽어주세요.

B-Side Blues의 이야기가 시작됩니다.

다. 그리고 나는 지난 14개월 동안 고작 4개월 전에서부터만 730여 잔의 커피를 마신 것입니다. 아니 더 정확히 계산하면 꿈 같던 단 한 번 열흘 휴가 기간에도 난 한 방울 커피도 마시지 않았습니다. 또한 신기한 일들을 많이 겪었던 4개월 전 10개월 동안에도 나는 한 방울의 커피를 마시지 않았습니다. 그 이유는 두 가지입니다. 체질적으로 커피를 흡수하면 잠을 못 이뤄 멀리했던 옛 습관이 남아 있던 것이 하나의 이유이고, 나머지 하나의 이유는 자기가 먹은 짬밥 수가 곧 법으로 통용되는 이곳에서는 10개월 동안 내가 먹은 900번의 짬밥으로는 커피 자판기 근처도 얼씬 못 했기 때문이었습니다.

그러나 10개월이 지난 시간부터는 잠을 잘 필요도 그 법을 두려워할 필요도 없게 되었습니다. 그래서 나는 하루에 여섯 잔씩 꼬박 4개월 동안 730여 잔의 커피를 마실 수 있었습니다. 그것도 하얀 옷을 입은 선생님의 여자 친구가 직접 배달까지 해주는 황홀한 커피를……. 그리고 나는 10개월 동안 하루에 다섯 번, 1200번이나 1500여 번 죽고 싶다는 생각을 했습니다. 눈이 반짝거리시는군요. 사실 선생님께서는 제가 그런 생각을 아직도 갖고 있다는 것에 흥미를 느끼시는 거지요? 아! 질문은 안 된다고 했는데……. 죄송합니다.

자살이란 한 인간이 전혀 경험해 보지 못했던 세상에 무릎을 꿇고 어쩔 수 없이 적응되어 가는 과정에서 느끼는 공허한 울림일 수도 있겠지만, 매우 더러운 꼴을 당하거나 삶의 의미를 다시 한번 생각하게 하는 날이면 하루에 일곱 번까지 죽어버리고 싶다는 생각을 했습니다. 기상 구호를 외치는 마지막 불침번의 "기상하십시오"가 "자살하십시오"로 들리기까지 했으니깐요. 그럼에도 불구하고 내가 아직 살아 숨 쉬고 있는 이유가 궁금하시겠죠? 아! 이건 질문이 아닙니다. 그렇게 인상을 찌푸리지 마세요. 정말 중요한 이야기를 드리려고 합니다. 이제까지 했던 말들 중에서 말입니다. 죽고 싶다던 그 순간마다 참 예쁜 우리 채연이가 입대 전 건네준 야광 시계의 뚜껑을 열어 오백 원짜리 동전보다 조금 큰 우리의 다정한 사진 속에 아주아주 작은 글씨로 적어 놓은 "사랑해요. 지금 당신이 나를 생각하지 않는 시간에도"라는 그 마음을 읽으며 위기를 모면할 수 있었습니다.

세어보지 않았지만 대충 계산해 보면 나는 10개월 동안 하루에 두 번씩 350여 번인가 500여 번인가의 세차를 했습니다. 처음 신병 대기 기간과 가끔 눈이 많이 오는 날을 거르고 669호의 주인인 많이 배운 노병헌 병장, 아! 노병헌 병장을 많이 배웠다고 부르는 것은 그가 나보고 적게 배웠다고 부를 때의 상대적인 뜻으로 내가 표현한 것입니다. 노병헌 병장이 휴가나 포상 특별외박을 나갈 때 하루에 한 번 했으니 350여 번에서 500여 번 했다면 맞을 겁니다. 많이 배운 노병헌 병장은 결벽증을 넘어서 정신병적인 청결벽을 가진 인간이었습니다. 그는 아침에 운행 전에 먼지를 닦아냈고 저녁 운행 후엔 꼭 물 세차를 하는 것을 원했기 때문에 지난겨울 내내 내 손은 감각을 잃고 살아야 했습니다. 그는 특히 나를 싫어했습니다. "못 배운 놈은 어디 가서나 몸으로 때우는 걸 배워야 해"라고 그 나름의 삶의 방식을 주려 했습니다. 유난히 학벌이 좋은 우리 중대원들 틈에 지방전문대를 졸업한 학벌의 열등감을 그나마도 못 다닌 내게 풀어보려 하루도 빠짐없이 나를 볶아댔으니깐요.

언젠가 그는 참 예쁜 우리 채연이가 입대 전 건네준 뚜껑이 열리는 야광 시계를 본 적이 있습니다. 오백 원짜리 동전보다 조금 큰 우리의 다정한 사진을 보며 그는 특유의 큰 눈을 내 눈 가까이 대며, "너같이 못 배운 새끼가 이런 애를 다 닦고 다니니까 내가 닦을 여자가 없지. 어디 그렇게 차를 잘 닦아봐라. 이 무식한 새끼야"라고 하더군요. 후훗. 그 후 669호 차의 세차는 아예 내게 떠맡겨졌습니다. 그래도 비가 오는 저녁이면 비누칠이 잘 먹기 때문에 한참을 걸어가야 하는 물탱크를 두어 번 덜 다녀와도 괜찮아 비가 오는 저녁은 그나마 재수가 좋았죠. 물론 아침이면 밤새 빗물 얼룩을 닦아내야 했기 때문에 팔이 많이 저리기는 했지만 말입니다. 선생님도 비 오는 날 세차를 하시는가요? 아주 잘 닦이잖습니까?

저는 지난 10개월 동안 센텔라 아시아티카 연고를 두 달에 한 통씩 대여섯 통의 연고를 오른 팔뚝에 발랐습니다. 한 달에 한 번씩 돌아오는 똥 푸는 작업 때문이었습니다. 똥을 퍼낼 때마다 오른쪽 팔뚝은 똥독으로 부스럼이 생겼는데, 매달 똥을 푸니, 오른 팔뚝에 생길 부스럼이 사라질 만하면 다시 부스럼이 났죠. 하여튼 센텔라 아시아티카 연고는 피부 질환 전문 치료제로서, 습진, 무좀, 종창, 수축성 반흔, 욕창, 나병의 궤양성에 군용 약 치고는 효과가 뛰어나 도움을 주었습니다. 다만 약이 다소 독해 팔뚝에 허물이 조금 벗겨져 처음이자 마지막 휴가 때 참 예쁜 우리 채연이에게 거짓말을 해야 했다는 게 그 흠이라면 흠일 수도 있겠지만 말입니다. "어떻게 넘어졌는데 어깨까지 허물이 번져요. 바보 아니에요, 나. 덴 거죠? 어떡해……. 오래 가겠네."

참 예쁜 우리 채연이가 지난 10개월 동안 일주일에 세 통씩 97통의 편지를 보내왔습니다. 이곳 특성상 주말에는 편지를 받을 수 없기에 우리 채연이는 목요일에 편지를 보내 월요일에 두 통을 받게 해주었고, 화요일에 보내 금요일에 한 통을 받을 수 있는 행복을 주었습니다. 꼭 97통의 편지는 거의 비슷비슷한 내용이었는데 뭐가 그리 미안한 건지 이해해 드릴 것도 없으신 엄마를 이해해 달라고 할 때마다 내가 가진 상황들이 얼마나 우리 채연이를 힘들게 하는지 다시 한번 생각게 해 어느새 눈썹이 젖어 있고는 했었습니다. 17통의 편지를 받을 때까지 그 짬밥이라는 것을 앞세워 우리 채연이 편지를 보며 시시덕거리는 고참들 때문에 고통스러웠지만, 18통째의 편지를 보며 역시 편지는 기집년들 꽃편지라느니 내용이 야해서 읽을 만하다느니 따위의 더러운 표현을 쓰며 팬티 속에 들어 있는 손을 조물딱 주물럭거리는 노병헌의 목에 내 허벅다리를 이미 그은 피 묻은 대검을 들이대며, "다음은 네 모가지야"라고 한 후, 그러니까 19통째의 편지부터는 나 혼자만이 우리 채연이 편지를 음미할 수 있었습니다. 그날 밤 많이 배운 고참들에게 무척이나 많이 짓밟혔지만 그런 매질 따위는 이미 익숙해진 터라 별 상관은 없었습니다.

참 우리 예쁜 채연이는 지난 10개월 동안 네 번의 면회를 왔습니다. 우리 부대는 강원도 오지에 서도 한참 들어와야 하는 탄약창이었기 때문에 하루 코스로 오기는 불가능한 곳이었습니다. 그러므로 우리 채연이의 마음은 매일 내게 와 있지만, 그 몸은 두 달에 한 번과 MT나 교수 세미나 준비로 밤을 새워야 한다는 따위의 거짓말을 하고 나서야 내 얼굴을 보러 버스에 오를 수 있었습니다. 우리 채연이가 세 번째 면회를 왔을 때, 난 정말로 목숨을 걸고 외박을 시도했었습니다. 이번에도 우리 채연이를 이상야릇한 은성여관에서 혼자 재울 수는 없었습니다. 면회 가도 되냐는 편지를 받은 순간부터 9일 동안 3교대 보초를 매일 대신 서주는 조건으로 외박을 나올 수 있었습니다. 하루에 세 시간 반 수면 시간으로는 이틀도 버티기 힘들었지만, 눈꺼풀이 저절로 내려올 때마다 입대 전 우리 채연이가 건네준 뚜껑이 열리는 야광 시계의 뚜껑을 열어보며 밀려오는 잠을 쫓아버렸습니다. 그 맑은 미소를 볼 수 있는데 이까짓 눈꺼풀을 못 이기는 게 말이 되느냐는 생각으로 계속하여 뚜껑을 열어보았습니다. 채연이의 서른두 번째 편지에는 "정말 괜찮아요. 바보도 아닌데 혼자 못 자겠어요? 그 한밤 동안 내가 견딜 수 없는 건 여기서 내가 혼자 자는 걸 알면서도 못 나오는 그 마음을 알기 때문이에요. 그러니까 정말 괜찮아요, 저는……"이었……습……니……다.

이런 주책없이! 아! 눈물을 보니 한 가지 더 생각나는 일이 있습니다. 참 예쁜 우리 채연이는 지난 10개월 동안 꼭 한 번 내게 눈물을 보여주었습니다. 뒤돌아서 눈물을 보일망정 정말 내 앞에서는 단 한 번도 눈물을 보이지 않던 채연이었는데, 논산연병장에서는 예외를 보여주었습니다. 나처럼 짧아진 머리로 어색한 표정을 보이는 아들의 손을 잡고 그렁그렁 맺힌 눈물을 참고 있는 부모님들과 계속 머리를 긁적이던 나를 번갈아 쳐다보며, "괜찮지…… 괜찮은 거죠? 채연이가 부모님 대신이죠. 하늘나라에서 건강히 다녀오라고 하시는 거…알고 있죠. 괜찮은 거지요." 바보처럼, 그렇게 바보처럼 잡은 소매 끝도 못 놓고 있으면서 어서 들어가라고 다른 사람보다 빨리 들어가야 혼나지 않을 거라고, 자기는 눈물 닦을 손도 없이 한 손으로는 내 소매 끝을 잡고 다른 한 손으로는 내 눈썹을 닦아주면서 그렇게 내게 처음 눈물을 보였습니다.

참 예쁜 우리 채연이가 내 얼굴을 보려 여섯 번째 양양행 고속버스를 탔을 때 우리 채연이 과 교수는 다른 조교를 구해야 했고, 우리 채연이가 자주 들르던 카페 '오르골' 사장은 매우 많은 커피를 부탁하는 한 여자 손님에게 서비스 커피를 더 주지 않아도 됐고, 우리 채연이에게 언제나 똑같은 파란색 편지봉투와 똑같은 무늬의 편지지를 주문받았던 문구점 주인은 더 이상 팔리지도 않던 파란색 편지봉투와 똑같은 무늬의 편지지를 주문하지 않아도 되었고, 어머님만큼이나 나를 싫어했던 둘째 세상 인연은 "언니 정말 미쳤지"라고 대답 없는 언니에게 더 이상의 질문을 할 필요가 없어졌고, 날 만나는 일 외에 단 한 번도 딸에게 실망한 적이 없으셨던 어머님은 날 만나는 것보다 더 큰 충격을 받으셔야 했습니다. 사고가 아주 컸었는데 선생님은 기억 안 나시나요, 원통 이목 다리에서 버스 전복된 사건? 여러 사람 피눈물 흘렸을 겁니다. 면회 준비를 마치고 우리 채연이를 기다리던 나는 TV에서 자막으로 나오는 사망자 명단을 보고 하늘이 정말로 무너질 수도 있다는 걸 알았고, 너무도 당연한 연쇄효과로 노병헌의 전역 이후 669호 차와 나를 함께 건네받았던 황수현 병장은 다른 세차맨을 구해야 했습니다. 덕분에 우리 병동 선생님의 여자 친구 간호 장교는 팔자에도 없는 차 배달을 해야 했지요. 그녀는 내 증상을 시간마다 체크해 2시간 30분마다 커피를 들여보내 주었습니다. 친절하게도…… 걱정하지 마십시오. 제가 선생님의 여자 친구에게 또 다른 어떤 감정이 있는 것은 아니니까. 선생님은 저에 대해 걱정 않으셔도 됩니다. 하여튼 나는 하루에 여섯 잔씩 지난 4개월 동안

600여 잔인가 730여 잔인가 하는 커피를 마실 수 있었습니다. 그리고 그 시간은 유일하게 우리 채연이의 냄새를 직접 맡을 수 있는 시간이기도 했습니다.

나는 지난 4개월 동안 참 예쁜 채연이가 보낸 97통의 편지 중에서 네 개의 오자와 두 개의 틀린 표현을 발견했습니다. 오자야 모르고 그런 것도 아니고 간혹 실수로 자음이나 모음을 하나 빼거나 더하는 경우일 거로 생각합니다. 하지만 정말로 이건 실수다 할 수 있습니다. "미안해요. 어젠 편지를 못 보냈어요. 조심한다고 했는데 엄마가 갑자기 들어오셔서 빼앗아 갔어요" 갸우뚱거리시는군요, 선생님. 저도 물론 그 편지를 처음 읽었을 때는 생각도 못 했는데 곰곰이 음미하며 읽다 보니 우리 채연이는 어른에게 '가셨어요'가 아닌 '갔어요'라고 쓸 만큼 예의 없는 애가 아닙니다. 아무튼, 채연이에게 괴로운 일들이 많다고 생각됩니다.

또 하나의 실수는 사실 실수라기보다는 계산을 잘못

189

보너스 트랙

한 것입니다. "이제 7개월 지났으니 940밤만 자면 우린 평생 마주할 수 있는 거지요." 그러나 우린 475일이 지난, 그러니까 정확히 오늘을 빼면 675일을 못 보지 않고 마주하게 될 것입니다. 원래는 475일만 지나도 되는 건데 오늘은 유난히 준비할 게 많아서…… 아까 오전에 이빨을 닦아내다 너무 힘을 주었는지 칫솔이 똑하고 부러지더군요. 그 바람에 잇몸에서 피가 멈추질 않고 있습니다. 혀를 밀어 넣어보니 틈새가 조금 벌어진 것 같습니다. 지혈도 할 수 없으니 걱정이 태산입니다. 선생님, 뭐 좋은 약이 없을까요? "어떻게 그렇게 이가 예뻐요. 치약 선전 나가도 되겠네. 언제나 이가 먼저 보이는 거 있죠. 아, 이뻐. 이~~ 해봐요. 이……" 참 예쁜 우리 채연이는 언제나 이를 먼저 보는 습관이 있는데…… 보자마자 또 한걱정하지 싶습니다. 그나마 앞머리라도 우리 채연이가 어색하지 않을 정도로 길어져 다행입니다. 머리가 조금만 빨리 자라줬어도 빨리 볼 수 있었을 텐데……. 아무튼, 저는 이제 행복합니다. 선생님 이제 그만 하죠. 이 정도면 오늘은 많은 얘기를 한 것 같군요. 녹음기를 이제 끄

셔도 될 것 같습니다. 저는 충분히 다 말씀드렸으니까요…….

"김 중령님, 302호실 그 사람 유품이에요. 이 사진 좀 보세요. 둘이 너무도 다정하게 찍혔어요. 어머, 어떡해…… 이렇게 다정했던 사람들이!""어디, 어, 그 친구 사진이구만. 왜 이걸 이 소위가? 어, 이 친구 원래 앞머리가 길었군. 그렇게도 머리를 자르면 죽어버리겠다고 하더니만……""그 사람 죽기 전날 밤에 저에게 주더군요. 이러이러한 사람들이 이 세상에서 사랑만 하다가 간다는 걸 한 사람이라도 알고 살았으면 한다고. 그땐 얼떨결에 받아서 그게 무슨 얘긴지 잘 몰랐거든요. 미리 알았더라면…""이 밑에 뭐라고 쓴 거 아냐? 글씬 거 같은데. 이렇게 작게도 쓸 수 있나? 뭐라고 쓴 거야, 이거. 사…랑해요, 당신이… 나를 생…각하지 않는… 시간에도."

(『사랑해요 당신이 나를 생각하지 않는 시간에도』 中 「참 예쁜 우리 채연이」)

아무 말 못 한 채
오늘도 그대만 바라봐요

기차가 지나가네요 당신이 내 차 조수석에 앉아
기차가 지나가네요 했을 때처럼 기차가 지나가네요
내 차 조수석에 앉은 당신이 기차가 지나가네요 라고
말하면서 나를 바라보고 웃고 있을 때처럼

기차가

보너스 트랙

알고 있죠

이것이 끝이라는 걸

두 번 다시 볼 순 없겠죠

소원

,

김현성

여행 가고 싶어

나랑 여행 가고 싶은 너하고

같이 있고 싶어

나랑 같이 있고 싶은 너하고

사랑하고 싶어

　　나를 사랑하지 않는 너하고

눈물에 얼굴을 묻을 때
네가 날 버렸을 때

추억도

이름도

모두 지울 순 없겠지

내가 나를 지울게

보너스 트랙

1 ...

2 ...

3 ... 스크린

4 ... 끈나·1

5 ...

...

원태연의 작사법

감각적 언어로 영감을 발견하는 작사가의 태도

초판 1쇄 발행 2025년 4월 23일
초판 2쇄 발행 2025년 4월 30일

지은이 원태연
펴낸이 김선식

부사장 김은영
콘텐츠사업2본부장 박현미
책임편집 차혜린 **책임마케터** 권오권
콘텐츠사업9팀장 차혜린 **콘텐츠사업9팀** 최유진, 노현지
마케팅1팀 박태준, 권오권, 오서영, 문서희
미디어홍보본부장 정명찬
브랜드홍보팀 오수미, 서가을, 김은지, 이소영, 박장미, 박주현
채널홍보팀 김민정, 정세림, 고나연, 변승주, 홍수경
영상홍보팀 이수인, 염아라, 김혜원, 이지연
편집관리팀 조세현, 김호주, 백설희 **저작권팀** 성민경, 이슬, 윤제희
재무관리팀 하미선, 임혜정, 이슬기, 김주영, 오지수
인사총무팀 강미숙, 이정환, 김혜진, 황종원
제작관리팀 이소현, 김소영, 김진경, 이지우, 황인우
물류관리팀 김형기, 김선진, 주정훈, 양문현, 채원석, 박재연, 이준희, 이민운
외부스태프 디자인 데일리루틴 구성 강재인 사진 박찬목 기록 송새나

펴낸곳 다산북스 **출판등록** 2005년 12월 23일 제313-2005-00277호
주소 경기도 파주시 회동길 490 다산북스 파주사옥
전화 02-704-1724 **팩스** 02-703-2219 **이메일** dasanbooks@dasanbooks.com
홈페이지 www.dasan.group **블로그** blog.naver.com/dasan_books
종이 스마일몬스터 **인쇄·제본** 상지사피앤비 **코팅·후가공** 평창피엔지

ISBN 979-11-306-8248-8 (03810)

다산북스(DASANBOOKS)는 책에 관한 독자 여러분의 아이디어와 원고를 기쁜 마음으로 기다리고 있습니다.
출간을 원하는 분은 다산북스 홈페이지 '원고 투고' 항목에 출간 기획서와 원고 샘플 등을 보내주세요.
머뭇거리지 말고 문을 두드리세요.

오늘 그대 외로움이 흘러넘쳤다면

지금 당신 곁의 그 사람에게 기대어 보자.

어렵다면 이 책에 기대어도 좋다.

뒤돌아선 당신의 등만 봐도

내 얼굴은

눈물 콧물 범벅이 되니까.

– '기댈 곳은 사랑뿐'에서

원태연의 작사법

감각적 언어로 영감을 발견하는 작사가의 태도

SIDE

B

원태연
에세이

플레이리스트

Contents

B-Side Blues

당신의 뒷모습만 봐도
눈물 콧물이 나던걸

터널 끝의 빛

두드려라, 지팡이가 부러질 때까지

B-Side

당신의 뒷모습만 봐도

눈물 콧물이 나던걸

Blues

눈물아, 너무 잘 참아줬어

#6

안녕 / 성시경

어쩌다 여기까지 왔을까

"가사 너무 좋은데요?"

같이 작업한 가수로부터 따로 가사가 좋단 연락을
받아본 게 딱 두 번 있다. 그중 하나가 바로
〈안녕〉을 쓰고 나서 시경이에게서 받은 문자다.
그 문자가 아니더라도 작사가로서의 인생에서
가장 좋아하는 가사를 말해 보라고 하면 나 역시
〈안녕〉만큼은 꼭 꼽고 싶을 정도로 애정이 가는
곡이다.

어떻게 보면 내 기나긴 고생의 시작점이던
시절이었다. 그때는 이 고생도 금방 벗어날 거라
생각했는데, 이제 와 돌아보니 경제적으로도
심적으로도 꽤 깊고 길었던 내리막길의 초입이었다.
하는 일마다 꼬이고 잘 안 됐다. 신도림동에 있는
아파텔 하나를 작업실 삼아 일하는데 방 하나,
통로 겸 거실 하나, 화장실 하나에 한 달 관리비가

8만 원이던 조촐한 곳이었다. 지금도 조용한
동네는 아니지만 그때 이 근방은 진짜 시끄러웠다.
공장지대였기 때문이다. 낮동안 날카로운 기계음,
망치 소리, 고함소리에 시달려서인지 밤중에도
괜히 귓청이 울렸다.

'내가 어쩌다 여기까지 왔을까….'

내 초라한 처지를 자꾸 들춰보게 하는,
결코 쾌적하다고 할 수 없는 작업환경에
서글퍼하면서 얼른 그곳을 벗어날 궁리만 했다.
그러던 때에 의뢰 들어온 곡이 바로 〈안녕〉이다.
내 인생 역경 스토리의 서막에서 잠시나마 영예를
안겨주었던 소중한 곡이다.

그토록 잘 해내고 싶었던 이유

〈안녕〉의 이현승 작곡가, 그러니까 현승이를 처음

본 건 그가 중학생일 때였다. 나는 그때 〈사랑은
언제나 목마르다〉 작업 때문에 형석이 형과 같이
있었다. 그런데 아직 변성기도 안 지난 듯한 꼬맹이가
"저 김형석 선생님을 뵈러 왔는데요"라며 사무실을
찾아왔다. 알고 보니, 이 친구가 전에 형석이 형에게
곡을 하나 보냈는데 꽤 괜찮아서 한번 찾아와보라고
답해준 적이 있었단다.
그렇게 무작정 찾아온 이 당돌한 소년에게 형이
씩 웃더니 잊지 못할 소리를 했다.

"너 인마, 서울로 학교 오게 되면 그때 다시 찾아와."

옆에서 지켜보던 나는 이 장면이 무슨 영웅 서사의
복선처럼 느껴지기도 했는데 이 야무지고 당찬
소년이 어찌나 귀엽던지 그날 기억이 생생하게
남았다.
어쨌든 그게 〈안녕〉을 작곡한 현승이와 나의 첫
대면이었다. 그렇게 시간이 흘렀고, 이 곡을 받기 전
3년 동안 나는 음악 작업에서 떠나 있었다.

당신의 뒷모습만 봐도 눈물 콧물이 나던걸

영화판에 있었기 때문이다. 작사든 시든 하던 거
계속하면 평생 아쉽진 않게 살 텐데 뭐 하러 일을
벌이냐며 혀를 차던 이들도 있었지만, 어쨌든 나는
그토록 염원하던 영화 일에 뛰어들었다.

하지만 시간과 돈을 퍼부어도 좀처럼 실마리가
풀리지 않아 점점 기운이 빠졌다. 호기롭게 던져두고
왔는데 야속하게도 작사 일이 그리워졌다.

작사는 내가 워낙 좋아하던 일이기도 하고 무엇보다
그 어떤 작업보다도 내게 늘 과할 정도로 칭찬과
인정이 쏟아지던 일이었으니까. 일단 작업을 마치면
수입이 들어오기까지 기간이 길지 않다는 장점도
있어서 생활이 궁해진 입장에서 제일 현실적인
일이기도 했다.

그런데 그렇게 오랜만에 받은 일이 아끼는 조카나
마찬가지인 현승이 곡이란다. 진짜 잘 해내고 싶은
마음이 커지는 동시에, 그만큼 자신감이 바닥을 쳤다.
그때 유난히 힘들었던 건, 작업환경이 안 좋다거나
일의 감이 잘 안 돌아온다는 등 때문이 아니었다.
그런 건 내가 적응하며 극복해야 할 일이니

아무래도 좋았다.

하지만 한창때의 감각을 되찾으려 고군분투하는 나 때문에 주변 사람들이 내 눈치를 보고, 나를 어려워하는 분위기가 감돌자 못 견디게 버거웠다. 또 다른 꿈을 찾겠다며 야심 차게 업계를 박차고 나갔다가 초라하게 돌아온 사람을 보며 동정하는 이들이 있었다. 살얼음 걷는 듯 조심스러워하는 그들의 섬세한 다정들이 고맙고도 미안해서, 그게 내 마음을 많이 괴롭혔던 것 같다. 그런 와중에 여전히 나를 가장 잘나가는 작사가라 추켜세워주며 깍듯하게 예의를 차리는 현승이가 말갛게 웃으며 말했다.

"성시경 씨 노래 따냈어요. 기특하죠? 삼촌이 저 가사 써주셔야죠!"

가슴이 뭉클해지면서 진짜 잘해야겠다는 마음이 생길 수밖에.
꼬꼬마 시절부터 날 알고 따르던 녀석이 어엿한

당신의 뒷모습만 봐도 눈물 콧물이 나던걸

작곡가가 되었다. 게다가 이제 국민 발라더의
곡까지 맡았다며 같이 작업하자고 날 찾아온 거다.
엄청난 대가나 업계 큰손과 일할 때 혹은 다른 대형
프로젝트에 참여할 때보다 훨씬 묵직한 부담감이
날 짓눌렀다.

현승이는 그때 내가 공장지대의 소음 속에서 어렵게
작업하는 걸 몰랐을 거다. 우러러보던 작사가 삼촌이
이렇게 군색한 상황인 걸 상상이나 했을까?
그래서 현승이에게 더 부끄럽지 않은 가사를 주고
싶었다. 〈안녕〉은 앨범의 타이틀곡은 아니었지만,
곡이 참 좋았다. 작곡가의 품성이 들어가 있는
예쁜 곡이었다. 곡이 좋으니 잘 해내고 싶은 부담은
더 컸다. 유독 가사 쓰는 데에 시간도 많이 들었고,
다 써놓고도 바로 보내지 못하고 고치고 또 고쳤다.

'거절당하진 않을까?'
'혹시나 성에 차지 않는데도 나와의 관계 때문에 차마
거절을 못 해서 전전긍긍하는 건 아닐까?'

이런저런 생각에 자꾸만 신경이 쓰였다. 뭘 해도 안
될 때라 그런지 더 위축되고 긴장되었다.

'잘해야 하는데, 진짜 잘해야 하는데….'

뭘 해도 잘 풀리지 않던 시절

그때 얼마나 일이 안 풀렸냐 하면, 하다못해 차선
하나를 바꿔도 바뀐 차선 백 미터 앞에 바로 공사를
한다거나 사고 차량이 있고, 물건 하나를 사도
확인해 보면 하자가 있었다. 사실 그건 애교다.
원래 신도림 아파텔 신세가 되기 전엔 청담동에
작업실이 있었다. 거기서 나는 작가 다섯 명을
모아 사업을 시작했다. 뮤직비디오도 찍고 영화
시나리오도 쓰고 작사가도 배출하는, 일종의
작가 그룹을 만든 거다. 그때 나는 영화를 꿈꿨다.
시나리오 작가만이 아니라 감독까지.
내 이력을 읊으면 시인에서 작사가가 된 것까지는

그렇게까지 놀라는 사람이 없다.

하지만 영화감독까지 했다고 하면 "손끝으로 원을 그려봐, 그 원태연이 영화를 찍었다고?"라고 되물으며 열에 아홉은 화들짝 놀란다. 나 역시 처음부터 영화감독을 하려던 건 아니었다.

기존에 세 권의 시집이 밀리언셀러였지만, 몇 년의 간격을 두고서 그다음 시집인 『사용설명서』를 냈는데 달랑 2만 부를 파는 데에 그쳤다. 보기 좋게 망한 후(지금 생각하면 망한 것까진 아니다!) '원태연도 이제 다됐구나' 소리에 충격받고서 서둘러 결혼하고 일 년 동안 캐나다로 신혼여행을 떠났다.

그렇게 돌아온 뒤, 비뚤어진 와신상담이랄까, 한번 정점의 맛을 본 탓인지 나는 다시 이 왕좌를 차지하기 위해 뭘 해야 하나 고민했다. 결국 선택한 건 정면승부가 아니었다. 이왕 이 분야 저 분야 건드려본 거, 글 쓰는 다른 분야에서도 적당한 성과를 내면 어떨까? 즉, '원태연이라는 사람은 글 쓰는 데서만큼은 올라운더^{All-rounder}(만능선수)'라는 평가를 받는 게 목표였다.

그래서 떠오른 게 영화 시나리오였다. 그렇게
청담동에 사무실을 내어 작가 그룹을 만들었다.
그런데 너무 안일하게 생각한 나머지, 월급제로
시작했던 게 오판이었다. 뚜렷한 비즈니스 모델도
없는 마당에 꼬박꼬박 월급을 줘야 하니
그동안 모아둔 돈이 순식간에 사라졌다.
새로운 창작 패러다임을 만들자며 기획했던 게
빚만 잔뜩 남기면서 말 그대로 쫄딱 망했다.
청담동에서 마지막으로 작업한 게 한 걸그룹의
뮤직비디오였는데, 이게 2002년 여름에 출시될
작업이었다. 2002년 여름 말이다. 우리나라 축구팀이
월드컵 4강이라는 기적을 일궜던 바로 그때.
물론 대한민국 국민으로서는 너무나 기뻐 마땅한
일이었지만, 하필 그 시점이 우리 뮤직비디오가
터져야 할 때였다. 왜 우리나라 축구팀이 다른
월드컵도 아니고 바로 그해에 그렇게나 승승장구를
한 것이었을까? 내가 얼마나 삐딱했냐면, '안 될 놈은
뭘 해도 안 되는구나…'라는 말을 입에 달고 살았다.
나의 꿈만 너무도 요원해 보였다.

당신의 뒷모습만 봐도 눈물 콧물이 나던걸

"너희 회사에 너 빼고 뭐가 있다고 계속 붙잡고 있어?"

내 생각 해서 해주는 말이라던 지인들의 무신경한
말이 자존심을 툭툭 건드렸다. 또 누가 해달라는 일만
해오다 처음으로 사람들을 이끌고 사업을 하다 보니
하루하루 버거웠다. 그렇게 길이 보이지 않던 어느
날, 몸도 마음도 지쳐 일찍 귀갓길에 나섰다.

겨우 다다른 동네 공원 어귀에 익숙한 실루엣이
보였다. 아내와 두 살배기 아들이었다. 아들은
이제 제법 뒤뚱뒤뚱 어설프게 걸어 다니기 시작한
참이었다. 그리고 한동안 제대로 된 수입을 가져오지
못하는 나를 대신해서 오롯이 육아와 살림을 해 주던
아내….
걸음마 중인 아들을 한동안 멍하니 보다가 "동우야!"
불러보는데 목이 메었다. 그러자 아기가 뒤를
돌아보며 빙그레 웃고는 "아빠아!" 하고 내게 달려와
안겼다. 단지 아빠라는 이유 하나만으로 이토록 날
반겨주는 존재라니.

말캉한 아기를 품 안에 안는 순간, 그리고 기약 없는
일을 벌이느라 가장 역할도 못 하고 있는 남편에게
군소리 없이 "왔어요? 일찍 왔네"라며 활짝 웃던
아내를 본 순간 지금까지 내가 뭘 하고 있던 건가,
퍼뜩 정신이 들었다.
다음 날, 나는 보험까지 싹 다 깨서 챙긴 뒤 직원들을
불러놓고 어렵게 말을 꺼냈다.

"미안합니다. 밀린 월급은 고사하고 이번 달 월급도
다 못 채워줄 거 같은데, 이게 정말 제 전부를 탈탈
턴 거니까 알아서들 나눠서 가져가 주세요."

직원들은 그동안 일이 없어 제대로 출근도 못 했는데
무슨 월급이냐며 그조차 받기 미안해했다.
그 길로 나는 바로 집으로 돌아와 3년 동안 아무
연락도 안 받고, 아무 일도 하지 않았다. 오로지
아내와 함께 아기하고 놀아주며 보냈다. 가족과의
시간이 전부였다.
그렇게 3년을 지내자, 아내도 더 이상 지켜보는 게

당신의 뒷모습만 봐도 눈물 콧물이 나던걸

힘들었는지 조심스레 말했다.

"당신, 이제 다시 좀 일하고 싶지 않아요?"

그렇게 미끄러져 나와 발 닿은 곳이 바로 이 시끄러운
공장지대였던 거다.

50만 원짜리 작사가

영화판을 전전하다 돌아와 보니 나름 한자리했던
작사가라는 입지도 희미해졌다. 모든 일이
그렇겠지만 작사 일도 업계 사람들과 꾸준히
교류해야 이어지는 법이다. 작곡가도, 제작자도
자꾸 만나야 작업이 들어오는데, 나는 너무 오래
자리를 떠나 있었다.

'작사로 돈 벌었으니 이젠 영화도 건드려본다던데?
대체 저 사람은 정체성이 뭔지 모르겠다.'

시기 반, 조소 반으로 평판도 바닥이었다. 영화는
영화대로, 작사는 작사대로 제대로 하기가 어려워진
상황이었다.

어떻게든 입에 풀칠은 해야 하니 당시에 일명
'회 뜨기'를 하러 다녔다. 이건 업계에서 나 혼자만
쓰는 말이다. 이게 뭐냐 하면, 가이드를 녹음하는 데
가서 대충 50만 원만 달라고 하고, 그 자리에서
바로(대개 2시간 내로) 가사를 써주는 거다. 이 곡을
작곡가가 다른 데 가서 300만 원에 되팔든, 500만
원에 되팔든 그건 알아서 하라는 무언의 합의가 있는
방식이다. 그래도 하던 가닥이 있으니 아무한테나
받은 가사보다는 나을 테고, 거기에 '원태연 작사'란
라벨이 붙으면 제작자 입장에서도 밑지는 장사는
아니었다. 이런 식으로 꽤 여러 번 경제적 고비를
넘겼다.

회 뜨기를 한다고 해서 대충 쓰고 넘긴 적은
단 한 번도 없다. 그만큼 절박함에 날이 바짝
서 있었으니까. 그렇다고 해도 뭐가 됐든 회 뜨기는
내 작업물을 내가 헐값으로 처분하는 일이었으므로

19

자괴감이 상당했다. 하지만 그만큼 생활비의 이름은
무거웠다. 그 밖의 다른 것은 모두 내려놓을 수밖에
없었다.

눈 딱 감고서 급한 불만 끄는 거란 다짐으로 시작했던
회 뜨기가, 점점 횟수가 늘어나더니 어느 순간에는
처음의 수치심도 둔감해졌다. 한 번이 어렵지,
그게 좋든 싫든 관성이 붙었다.

그러다 '이렇게 살면 안 되겠구나' 각성한 일이
있었다. 당시 잘 나가던 미남 듀오의 곡을 회 뜨기로
작사해 준 적이 있다. 가사가 채택되고 며칠 후
녹음실에서 녹음을 위한 세부적인 가사 수정을 하고
있었다. 거기에는 그 가수의 다른 곡을 쓴 작곡가가
지인 서너 명을 끌고 와 있었다. 그런데 그들이
녹음실 한쪽에서 부대찌개를 시켜놓고 쩝쩝거리며
먹고 있는 게 아닌가.

내가 아무리 푼돈 받고 그 자리에서 작사 써주는
사람일지라도 녹음실은 신성한 곳이란 개념은 갖고
있었다. 분별없는 행동이라는 생각이 들었으나,
오지랖 넓게 내가 관여할 바는 아니었다.

B-Side Blues

"아, 그 원태연 작가님이구나."

이따금 저쪽에서 자기들끼리 오가는 말이 들렸다.
그러다가 급기야 그 작곡가가 내게로 오더니
작사지를 검지로 탁탁 내려 치면서 말했다.

"작가님, 이거 수정하셔야겠어요. 여기 'ㅇ'이 세 개가
연달아 나오는데, 이건 아니죠."

평소 누구랑 부딪히는 건 웬만해선 피하는 편인데도,
가볍고 무례한 태도에 울컥 화가 났다. 눈을 똑바로
쳐다보면서 낮은 목소리로 되물었다.

"이응이 세 개면 왜 안 되는 건지 설명해 보시겠어요?"
"네? 에이, 작가님 기분 나쁘셨나….."

예상치 못한 반응이었는지 말꼬리를 흐리며
당황해했다. 같이 와 있던 사람들이 끼어들어 그를
핀잔하자 멋쩍어하며 그냥 무리로 돌아갔다.

당신의 뒷모습만 봐도 눈물 콧물이 나던걸

그날 작업을 마치고 집으로 돌아오는 길 내내
납덩이를 매단 것처럼 마음이 무거웠다.
그전까지 내 주변 사람들이 내게 얼마나 신경을
써주었던가. 그런 것도 모르고 모든 걸 당연하다고
여겨왔다. 푸대접인지 무시인지 당해보니 그제야
내 처지가 절절하게 느껴졌다. 그 사람은 도화선이
됐을 뿐, 결국 이 분노는 스스로를 향한 것이었다.

'내가 어쩌다 이렇게까지 바닥이 된 거지?'

지켜야 할 다짐이 있었다

나는 위로 누나가 셋이 있다. 우리 아버지는 엄연히
형사라는 직업이 있었지만 청렴하다 못해 경제관념이
없어서 여섯 식구가 걱정 없이 먹고살기엔 버거웠다.
그런 가장을 대신해 어머니가 온갖 고생을 하며
식솔들을 먹여 살렸다. 그런데도 아버지는 헛기침 한
번으로 집안의 기강을 잡을 수 있는 최고 권위자였다.

신춘문예에 소설을 투고하시고 등단을 기다리셨던 아버지는 엄마의 임신 소식에 경찰 공무원 시험을 보셨고 그대로 경찰 공무원의 길을 걸으셨다.

글을 쓰셨던 분이라 그런지 온 가족이 나를 이상하게 보며 "태연이 쟤는 왜 저렇게 이상해?"라고 할 때마다 아버지만큼은 "쟤가 이상하니까 글을 쓰는 거야"라며 나를 지지해 주셨다.

어쨌든 아버지는 경찰서에서 조서 쓰는 일을 담당하셨는데, 당시에 그 일을 하던 일부 다른 형사들은 뒷돈으로 재미가 쏠쏠한 자리라고 들었다. 그런데도 어쩐 일인지 아버지의 수중엔 늘 돈이 없었다. 본인을 찾는 전화가 집으로 걸려 오면 무조건 부재중이라고 하라며 거짓말을 시키셨다. 온갖 뇌물, 청탁 관련 전화들이 와서 아버지를 찾으니 그런 불편한 상황을 애초에 피하려고 말이다. 어릴 때는 아버지가 꽤 강직한 형사라서 그렇다고 생각했다.

"돈이야 좋지. 그렇다고 내가 뒷돈 같은 걸 받아서 잘리면 우리 집 식구들은 뭐 먹고사니?"

당신의 뒷모습만 봐도 눈물 콧물이 나던걸

먼 훗날 아버지의 고백에, 집에서 보았던 권위 있는 모습 뒤에 이런 소심한 구석도 있었음을 그제야 알았다. 그나마 받는 월급이라도 꼬박꼬박 받아오려면 켕기는 일이 없어야 한다는 조바심이 늘 가슴에 있으셨던 거다. 어쨌든 대쪽 같이 청렴하셨지만, 성인군자의 담대한 철학과는 거리가 있는 이유였다.

그런데 어머니는 이런 아버지의 답답한 태도에 잔소리 한 번 하신 적이 없다. 구박은커녕 오히려 아버지의 권위를 지켜주는 든든한 방패막이가 바로 어머니였다. 어머니는 당신의 아버지가 부재한 채로 유년 시절을 살아왔었는데, 자신의 가정을 일군 후에는 더 바랄 것 없이 그저 가장의 존재만으로도 만족하셨던 모양이다.

그런데 돌아보면 내가 생각했던 것보다 어머니의 생활력이 대단했던 게, 그 시절에 우리 누나가 바순이라는 악기를 했다. 지금도 그렇지만 당시 음악이란 돈깨나 있는 집에서나 하는 거였다. 그걸 어머니 혼자 벌어 뒷바라지하신 거였으니. 지금 생각해도 어머니는 대단한 여장부였다. 내 희미한 기억 속에도 어머니는 텔레마케팅, 명란젓 배달… 별별 일들을 다 하셨으니까.

이런 가정환경의 영향은 내가 성인이 된 후 두 가지의 성격으로 나타났다. 하나는 아버지 같은 소심한 성격이다. 난 욕 먹을 일을 하면 잠도 못 이룰 정도로 강박이 있다. 그래서 약속 시간에도 언제나 내가 먼저 가 있는 게 편하고, 쓸데없는 욕심은 부리지 않는다. 그런 성격에 제법 이름이 알려진 사람이 되었으니 가끔 이런 강박이 나를 구석으로 몰아넣기도 한다. 다른 하나는 어머니와 같은 가장으로서의 책임감 있는 성격이다. 내 가정의 생계는 반드시 내가 책임져야 한다는 게 철칙이다. 앞서 얘기한 내 가정사를 모르고 들으면 내가 무슨 가부장적인 소리를 한다고 오해를 살 수도 있겠다. 하지만 이는 나 혼자만의 다짐에 가깝다. 억척스러우리만큼 경제적 부양과 안살림을 도맡아 해내신 어머니 모습을 보고 자랐기에, 내가 이룬 가정에서는 반드시 내가 경제적인 부분을 책임지겠다고 다짐했다.

당신의 뒷모습만 봐도 눈물 콧물이 나던걸

내 아내는 그 테두리 안에서 따뜻하고 여유로운
가정을 지키는 사람이 돼주길 바랐다. 그게 어릴 적에
내가 가져보지 못한 아쉬움에 종종 그려봤던 행복한
가정의 모습이라 생각하면서.
내 비록 시끄러운 공장지대에서 작사를 하지만
이 다짐만큼은 반드시 지켜내고 싶단 마음이었다.
그리고 〈안녕〉의 가사는 당시 그런 간절함이 담긴
작품이었다.

뇌섹남을 울게 하는 법

한때 '차도남'이라는 말이 유행한 적이 있다. 차가운
도시 남자 혹은 차갑고 도도한 남자라는 뜻으로, 이런
이미지의 남성들은 시대를 막론하고 늘 인기였던 것
같다. 시경이는 여심을 흔드는 발라드 가수면서
한편으로는 이지적이고 차분한 이미지도 가지고
있다. 그런 면에서 차도남, 뇌섹남에 딱 들어맞는다.
명문대 출신 가수라는 점 때문에 더 그랬을 수도

있겠지만, 여기에는 그가 그동안 불러온 노래 스타일의 영향도 있다. 그가 불러온 노래 속 남성은 젠틀하고 다정하지만, 어쩐지 사랑에 속절없이 빠져 무너지는 사람은 아니었던 거다.

그런데 작사가 입장에서 노래를 통해 새로 보여주고 싶은 캐릭터가 생길 때가 있다. 기존에 갖고 있던 깔끔하고 단정한 시경이 이미지를 똑같이 따르기보다는, 이 곡을 통해서 그의 색다른 모습을 보여주면 어떨까?

〈안녕〉의 가사는 어떻게 보면 매우 소녀적인 감성을 담고 있다. 그 감성을 자칫 더 밀고 나갔다가는 '네가 내 별이다'와 같은 인터넷 소설 대사보다도 더 닭살 돋게 할지 모른다. 성숙하고 똑똑한 이미지의 남자가 '입술아' 하고 말하는 걸 듣는 사람이 부끄러워지게 하기는 쉬우니까.

그래서 뒤에 오는 말들은 최대한 깊은 언어로 이어갔다. 가령, '눈물아 너무 잘 참아줬어'라는 식으로. 만일 그렇지 않고, '눈물아 너 대체 왜 그랬니?'라고 한다면 얼마나 유치했겠는가?

당신의 뒷모습만 봐도 눈물 콧물이 나던걸

이런 식으로 밸런스를 맞춰보니 자로 잰 듯 딱
떨어지는 차가운 남성이 아니라, 사랑 앞에서는
한없이 무너지기도 하는 로맨틱한 캐릭터를
시경이에게 하나 더 부여할 수 있었다.

그렇다면 '단정하고 댄디한 성시경'과 '소녀처럼
사랑에 무너지는 성시경'이라는 이미지는 어떻게
충돌하지 않고 잘 맞춰진 걸까?

이 비밀은 바로 작사 방식에 있다. 〈안녕〉 작사법은
쉽게 말해, 빠르게 상황을 설명한 후 사비에서 곡조가
바뀌면 진짜 표현하려는 마음을 펼쳐내는 방식이다.
도입에서 '눈물아 너무 잘 참아줬어' '입술아 너도
잘했어'라며 이 주인공이 처한 이별의 상황을
청자가 빨리 파악할 수 있도록 서둘러 알려준다.
그러다 중간에 곡조가 확 변하면서 그제야 진짜
속내를 드러낸다. 특히 하이라이트에서 '안녕 안녕
안녕'이라는 부분으로 이어진다.

이런 구성은 앞서 얘기했던 〈그 여자〉와 비교해 보면
이해하기 쉽다. 〈그 여자〉의 도입부는 곡의 배경
상황을 파악할 수 있게 서둘러 설명해 주기보다는

화자의 감정을 차곡차곡 쌓아가는 방식이다.
담담하게 풀어가는 감정은 중간에 곡조가 바뀌지
않고서 쭉 이어진다.

〈안녕〉과 같은 곡에서 중요한 것은, 앞에서 모든
상황이 충분히 다 설명됐다는 자신감이 있어야
뒤에서 바로 곡의 판을 바꿔 사비가 펼쳐질 수 있단
점이다. 이는 작사가에게 처음부터 매우 집중해야
하는 곡이란 의미다.

'안녕 안녕 안녕'으로 클라이맥스에 도달하기까지
주어진 시간이 짧아서다. 그만큼 처음 방향 설정이
중요하니, 단 두 줄 안에 승부를 봐야 한다. 비교적
급하게 상황과 감정을 전달해야 하는데, 가수가
성시경이므로 경박하게 서두르는 티를 내서는
안 된다. 깔끔하고 단정해야 어울린다.

'눈물아'를 찾아대는데도 그리 절절하거나
유치해지지 않는 비법은 바로 여기에 있다.
도입부에서 함축적으로 끝내버리는 것, 그래서 그게
어찌어찌해서 이별했고, 그래서 마음이 슬펐다는
식으로 직접적으로 드러내지 않고서도 이별의 상황을

당신의 뒷모습만 봐도 눈물 콧물이 나던걸

충분히 잘 전달하는 것 말이다.

그러고 나서 뒤따라오는 클라이맥스에서는 '안녕 안녕 안녕 제발 돌아보지 말아요'라며 시경이의 원래 이미지인 단정하면서도 따스한 목소리를 냈다. 아마 다른 가수가 이 노래를 부를 예정이었다면 또 다른 가사와 그림이 나왔을 것이다.

입술아 심장아

〈안녕〉 작업에 비하인드가 있다. '입술아' '심장아'처럼 화자를 다른 것으로 지칭해 부르는 이 곡의 대표적인 화법은 사실 그보다 몇 년 전 다른 곡에 쓰려던 치트키였다. 당시 슈퍼스타로 자리매김하던 솔로 여가수의 댄스곡에 붙였던 건데, 사정상 곡 자체가 나오지 못하게 되어 덩달아 사장된 가사였다. 나는 이 가사가 못내 마음에 남았다.

단순한 화법인데도 귀에 쏙쏙 들어오고, 흔히 일상에서 쓰는 말은 아니지만 그렇다고 여러 번

생각해야 이해가 될 어려운 말도 아니라는 점에서
강점이 분명했다. 이해하기 쉬우면서도 신선한
가사로서의 매력 요건을 만족하는 화법이었던 거다.
가사를 써 보내고서 채택되지 않은 게 천 개라면
그중에 나도 진짜 아깝다고 생각하는 건 겨우
예닐곱 개가 될까 말까. 대부분은 어떤 점이
부족해서 결과가 안 좋았다는 걸 납득할 수 있다.
그런데도 이 가사가 아깝다고 느꼈다는 건 내심 진짜
아쉬웠다는 거다. 그런 이유로 내 무의식 속에
이 가사가 오래도록 기다리고 있었던 모양이다.
〈안녕〉의 가이드를 듣다보니 이 예쁜 멜로디에 절절한
감정을 쭉 늘어놓는 뻔한 방식은 피하고 싶었다.
그러면서도 듣는 이를 훨씬 더 가슴 아프게 만들고
싶은데, 그러면서도 감정이 복잡하진 않아서
쉽게 들릴 만한 장치가 뭐가 있을까 생각했다.
그러자 무의식중에 있던 '입술아' '심장아'가
떠올랐다.

당신의 뒷모습만 봐도 눈물 콧물이 나던걸

"이 가사가 여기에 오려고 엎어졌던 거구나."

이전에 가사를 붙였던 곡은 댄스곡이라서 비트가
빨랐다. 그래서 '입술아' '심장아'라는 가사를 붙이는
데에 심리적 장벽이 없었다. 댄스곡에는 통통 튀는
신선한 화법이 흔히 쓰이니까. 다만 발라드에 이런
화법을 넣는 건 일반적이진 않았다.
그 점이 더 마음에 들었다. 발라드라서 이 가사가 더
신선하게 느껴질 것 같았다. 어린 여가수의 발랄한
댄스곡에 맞췄던 가사가 감성적인 남성 화자의
발라드로 불리니 신선한 애절함으로 다가왔다.
그런데도 나는 끝까지 주저했다. 모든 일에 자신감이
바닥을 치고, 되는 일이라곤 없었던 때였으니.
'눈물아' '입술아'란 의인화가 내 의도보다 유치하게
느껴지진 않을까? 생경한 표현에 대중들이
부정적으로 생각하진 않을까? 가사를 다 쓰고도
확신이 없어 전송하기 전까지 한참을 망설였다.
그날 시경이의 문자는 내게 남은 일말의 불안감을
말끔히 떨쳐내 주기에 충분했다.

'눈물아 잘 참아줬어'라는 말은 어쩌면 생활고와
비탄에서 나온 내 절박함이었다. '마지막까지 정말
참 잘했어'란 말은 작업 내내 스스로에게 들려주고
싶은 말이기도 했다. 그 마음이 사랑하는 사람을
떠나보내는 절절함에 맞아떨어질 정도로 진심이었다.
다만 그걸 좋다고 생각하는 나 자신을 의심할 정도로
자기혐오에 빠져 있었다. 너무나 간절했기에
그만큼 두려웠다.
절박한 만큼 자신의 모든 걸 쏟았음에도
간절함과 두려움이 혼동될 때가 있다. 그러면
모든 게 다 잘못되리라는 비관에 빠져든다.
하지만 그때 자신을 구할 수 있는 건 오로지
나뿐이다. 나를 스스로 의심하던 어리석음에
끝내 굴복하지 않고 잘 참아냈던 것처럼.
절박함의 끝에서 지금껏 가장 애정이 가는 가사를
써냈으니까.

당신의 뒷모습만 봐도 눈물 콧물이 나던걸

안녕

작곡 이현승
작사 원태연
노래 성시경

눈물아 너무 잘 참아줬어 마지막까지 정말 참 잘했어
네가 꼭 참아줘서 저기 내 사랑 편하게 떠나고 있어

그래 입술아 너도 잘했어 가지 말라고 말했으면
아마 저 사람 계속 아파하면서 내 옆에 남았을 거야

그냥 계속 가세요 왜 자꾸 멈춰 서요
안녕 안녕 안녕 제발 돌아보지 말아요
눈물이 흘러내리는 내 슬픈 얼굴 보여주기 싫어요

제발 계속 걸어요 왜 자꾸 돌아봐요
안녕 안녕 안녕 너무 갖고 싶은 내 사랑
사랑도 슬픈 이별도 모두 잊고 행복하세요

제발 제발 제발 자꾸 돌아보지 말아요
당신을 잡고 싶다는 내 슬픈 손을 말릴 수가 없어요

입술아 이제는 사랑한다고 얘기해도 괜찮아

내 인생 위로 꽃가루를 날려

#7

바보에게 바보가 / 박명수

결혼식 축가를 써달라고?

"태연아, 가사 하나 써주라."

지금은 고인이 되신 빵 형님이 연락을 해왔다(생전에
프랜차이즈 베이커리 창립 멤버여서 사람들이 본명보다는
친근하게 '빵 형님'이라고 부르곤 했다). 2008년 아직은
겨울에 가까운 봄, 딱히 가사 쓸 여유 없이 마음도
차가웠던 때였다. 여전히 경제적으로 힘들었고.
그래도 워낙에 사람 좋기로 유명한 빵 형님의
부탁이고, 혹시 또 괜찮은 판이 깔린 곡일지도 모를
일. 한번 들어나 보자는 심정으로 "무슨 노랜데?
누가 불러?" 물었다. 그런데 돌아오는 대답에
왜 그리도 기분이 상하던지.

"어, 명수 알지? 무한도전 박명수. 개가 곧 결혼할
건데, 신부한테 불러줄 축가 가사 좀 네가 써주면
좋겠어."
"…."

당신의 뒷모습만 봐도 눈물 콧물이 나던걸

"태연아?"

"싫어요, 형. 저 요즘 좀 바빠서."

서둘러 전화를 끊고 연초나 태우러 나갔던 기억이
난다. 내 꼴에 대한 픽 하는 조소와 함께 대상 없는
상스러운 말이 반사적으로 샜던 것도 같고.
그때 내 상태는 참 별로였다. 있지도 않은 상대의
숨은 의도를 캐고 자꾸 오해했으며, 그 오해를
사실이라 단정 짓고서 스스로를 서럽게 만드는 일이
잦았다. 지나가는 농담을 쉬 흘려보내지 못해 내내
마음 안에 가두고서 굳이 속을 후벼 팠다. 그만큼
마음이 넉넉지 못한 시절이었다. 이제 하다 하다
정식 앨범에 들어갈 곡도 아니고, 남의 축가 가사까지
갖다 바쳐야 하는 신세로 전락한 거냐는 자괴감이
가슴을 죄었다.
며칠 뒤, 빵 형님에게서 다시 전화가 왔다.
아파트 단지를 배회하고 있었는데, 받을까 말까
잠깐 고민했다.

"…여보세요."

"너 어디야?"

"그냥 놀이터예요."

"인마, 요즘 바쁘다며?"

순간 아무런 대답도 못 했고, 며칠 전 틀어진 맘
때문인지 굳이 답을 해주고 싶지도 않았다.
내가 지금 남의 생각까지 돌볼 처지인가. 침묵하는
나를 잠시 기다려주던 형님이 한숨을 폭 쉬었다.
그러곤 이어서 나지막하게 말했다.

"태연아, 아무도 너한테 관심 없고
아무도 너 기억 못 해."

그 순간 무엇 때문이었을까. 얼음이 가득 든 양동이를
머리 위에 뒤집어쓴 기분이 들었다. 뒤통수를 망치로
맞은 것도 같았다. 보기 좋게 허를 찔렸다.

"형, 지금 어디예요?"

당신의 뒷모습만 봐도 눈물 콧물이 나던걸

바닥을 들켜 창피해진 나는 그길로 형님 댁으로
찾아갔다. 형님이 잠깐 반신욕을 하러 욕실로 들어간
사이에 거실에서 곡의 가이드를 들었다.
그리고 바로 빈 종이에 제목을 썼다.

'바보에게 바보가'

가사의 마지막 줄을 다 쓰고서 시계를 보니,
딱 한 시간이 지나 있었다.

내려놓기에서 다시 시작하기

그 당시 나를 만나면 사람들이 말하곤 했다.

"원태연, 좀 내려놓고 살아."

도무지 이해가 가질 않았다. 이해했는데 인정하고
싶지 않았던 건지도 모르겠다.

'뭘 자꾸 내려두란 말이야.'

듣기만 해도 신경질이 나고, 내 속은 들여다보지도 않았으면서 남 얘기 참 쉽게도 한다 싶었다. 시작부터 정통이 아닌 길로 들어선 시인이란 이력 때문이었을까. 제대하고 얼마 후, 교보문고에서 사인회를 하자고 제안했다. 당시 우리나라에서 제일 큰 두 개 서점인 종로 영풍과 교보에서 내 시집 세 권이 시집 중 판매량 1, 2, 3위를 석권하던 때였으니 '베스트셀러 작가가 되면 이런 것도 해주나 보다' 생각했다.

하지만 몇백 명이 몰려든 교보문고 사인회장 옆 진열대를 둘러보곤 나는 피가 차갑게 식는 느낌을 받았다. 베스트셀러 진열대에는 내 시집들이 '종합 시 베스트'가 아닌 '청소년 명랑 시 베스트'를 채우고 있었다.

그때 그대로 뒤돌아서서 도망치고 싶었다. 화가 나고 모멸감까지 들었다. 공식적으로 등단한 시인은 아니었지만 나는 시를 써서 시집을 냈고, 그 시집이

당신의 뒷모습만 봐도 눈물 콧물이 나던걸

우리나라의 모든 시집 가운데 1, 2, 3등으로 팔린
건 틀림없는 사실이었다. 그런데도 나는 '종합 시
베스트'라는 그들만의 전당에는 감히 이름조차 올릴
수 없는 '시인 아닌 시인'이었다.
이렇듯 나는 등단하지 못한 베스트셀러
시인이었다가, 시인 출신이면서 한때 승승장구하며
히트곡을 낸 작사가였다가, 지금은 영화판을
전전하며 잊힌 사람. 그래서 시인으로도,
작사가로도, 당연히 영화인으로도 이름을 올리기
애매한 사람. 그 이상도 이하도 아니었다.
정상의 맛을 본 게 도리어 독이 되었다. 다시 힘내서
나아갈 생각을 하지 못한 채 그저 내가 앉아 있어야
할 곳보다 훨씬 아래인 지금의 처지에 서러워했다.
그때는 그렇게 스스로를 미워하고, 세상도 나를
미워할 거라고 혼자 착각하며 살았다.

'후회는 사치일 뿐이야 / 다시 시작해 볼게'

〈바보에게 바보가〉 가사를 써 내려가는 내내 또

다른 내가 내 진심을 똑바로 응시하며 말을 건넸다.
혼자서만 대단했던 원태연을 버리고 내가 나를,
타인을, 세상을 바라보는 관점이 완전히 달라지는
순간이었다.

"어머, 저 완전 원태연 작가님 팬이었어요!"라고
말하는 사람을 만나면 '지금은 전성기도 끝난 다 된
작가란 뜻인가?' 삐딱하게 고장 난 심술쟁이였다.
그런데 이제는 "와, 영광입니다! 제가 어떻게 하면
다시 제 팬이 되어주실까요?" 하면서 농담과 감사
인사를 전할 여유가 생긴 것 같았다.

지인들은 내가 늘 어깨에 벽돌 석 장은 얹고 있는
것처럼 보인다고 했다. 그때는 그 말이 '저 혼자
잘나서 무게 잡는다'란 비난으로만 들렸다.

하지만 이 노래를 만난 것을 계기로 나를 짓누르는
형체 없는 짐들이 꽤 덜어졌다. 스스로 옭아매던
피해의식에서 벗어나니 세상 사는 게 한결
편해진 거다.

43

딱 죽고만 싶던 바보

물론 마음은 전보다 한층 가벼워졌다 치더라도 몇 년
동안 이어진 경제적 가난이라는 관성까지 해결된 건
아니었다.

당시 나는 영화 시나리오 하나를 완성해 두고서
내게 연출을 맡겨줄 곳을 찾고 있었다. 그런데 잠깐
기웃거리다 보니 보였다. 영화 현장에서 시나리오
작가는 생태계의 맨 끝인 거다. 감독이 시나리오를
맘대로 바꿔도 작가는 싫은 소리 한번 못하는 구조.
감독은 영화 현장에서의 왕이었다. 어쩐지 기시감이
느껴졌다.

음반계에서도 제작사, 작곡가, 작사가라는
생태계 속에서 을 중의 을인 작사가로서의 설움은
충분히 느껴봤다. 내가 쓴 가사를 넘기고 나서
채택 여부조차 연락할 수 없는 위치. 내가 가사를
붙였던 멜로디에 다른 이의 가사가 입혀지면 거리든
쇼핑몰이든 어디에서나 열패감을 맛보아야 했던.

'그래, 체념인지 만용인지 모르겠지만 어차피 다른
분야에 입성했는데 무서울 게 무언가?'

그길로 영화판에서 아예 감독을 해 버리기로
마음먹었다. 내 시나리오로 내가 감독을 하겠다고
말이다.
그러나 대단한 한예종이나 어디 연영과 출신도 아닌,
영화판에선 발에 차이는 단편영화 연출자 출신도
아닌 '시인 원태연'더러 영화 좀 찍어보라고 투자해 줄
배짱 두둑한 제작사는 찾기 어려웠다. 청담동의 작가
그룹도 진작 와해하고 나서 가끔 작사 작업을 하며
근근이 살아갔지만, 영 풀리지 않는 영화 일 때문에
작사 일에도 제대로 집중할 수가 없었다.
어디서부터 잘못된 선택을 해온 건지 후회만
가득했다. 마음에도 병이 생겼다.
운전도, 대중교통도 이용할 수 없는 고장 난 몸으로
걷는 것 말고는 기본적인 기동성마저 잃었다.
딱 죽고만 싶게 바보가 된 기분이었다.

당신의 뒷모습만 봐도 눈물 콧물이 나던걸

바보에게 바보가, 원태연에게 원태연이

딱 그러던 때 만난 곡이다. 그러니 〈바보에게
바보가〉는 그 의미로 보자면 내 인생 가장 큰 무게를
차지한 노래다. 결혼식 축가라는 선입견 때문에
혹자는 멜로디의 아름다움이라든가, 가사의 진솔함에
대해 못 보고 지나갈 수도 있겠다. 뭐 나도 처음엔
편견에 사로잡혔으니 이해한다. 단, 이 곡이 나
개인에게도 너무나 커다란 의미가 있었음은 꼭
얘기하고 싶다. 나를 완전히 바꿔주었으니까.
가이드를 듣기 전에 빵 형님이 이 곡의 배경을 짧게
설명해 주었다. 박명수 씨의 부인 될 분은 젊고 고운
의사라고 했다. 미국 유학 기회를 얻어 한국을 떠날
생각까지 했는데, 그 기회를 포기하고서 결혼을 택한
입장이라고. 그러니 미래가 창창한 딸을 생각하는
부모님의 반대와 욕심도 이해가 갈 만하다. 아무리
잘나가는 연예인이라 해도 내 딸을 주기엔 아까운 법.
박명수 씨 역시도 그런 마음을 헤아릴 거란 생각이
들었다. 게다가 사랑 때문에 상처 주고 싶지 않은

연인에 대한 마음은 또 어땠겠는가. 고맙고 미안하고
후회도 되지만 새로운 각오도 다지게 되는 이 모든
마음을 노래에 녹여냈다.

내 아픈 상처만 들여다보다 보면 안으로 곪게 된다.
하지만 내 아픔만큼 남도 아플 거라는 걸 이해하고 내
상처 돌보듯 남을 보듬으면 놀라운 일이 벌어진다.
상대방을 낮게 할 뿐만 아니라 내 죄책감, 부담감,
원망도 모두 내려놓게 되고 후련해진다. 지혜로운
바보로 다시 태어나는 순간이다.

〈바보에게 바보가〉를 통해 쏟아냈던 덕분일까.
바보를 자처하고 나니 잔뜩 죄어놓던 마음의 부담이
봉인 풀린 듯 자유롭게 너울댔다. 남이 가사를
보고 뭐라 생각할지부터 따지던 내가, 이제는 그저
멜로디에 푹 빠져서 곡에 자연스레 녹아들 가사를
쓰는 즐거움을 알았으니 남의 눈치 볼 것도 없었다.
누가 알아본다고 '꼴값' 떨지 않아도 더 이상 마음이
불편하지 않았다. 이런 명언이 있다.

"세상이 널 버렸다고 생각하지 마라. 세상은 한 번도

당신의 뒷모습만 봐도 눈물 콧물이 나던걸

널 가진 적이 없다."

언뜻 보면 굉장히 냉정한 말인데, 어찌 보면 참 맞는
말이다. 세상에 대한 관점은 내가 바뀌자 저절로
바뀌었다. 〈바보에게 바보가〉는 스스로 만든 벽 속에
갇혀 있는 원태연에게 그걸 부수고 나온 원태연이
전하는 노랫말이었다.

자연스러움이 항상 더 예쁘다

화면 속 한껏 꾸민 배우나 모델을 보면 감탄할 때가
많다. 하지만 이목구비가 수려한 것도 아니고 몸매도
평범한 사람들이 더 예쁘고 사랑스럽게 느껴질 때가
종종 있다. 도대체 그 이유가 뭘까?
바로 자연스러움 덕분이다. 오밀조밀 비대칭 얼굴이
귀여웠던 아이돌 가수가 코를 더 오똑하게 세워 훨씬
세련된 인상이 되었는데도 '아이고, 이전의 얼굴이
훨씬 귀여웠는데?' 하며 안타까운 마음이 드는 이유

역시 그렇다. 완벽한 미의 조건을 갖췄다고 해서
무조건 더 좋은 인상을 주는 건 아니다. 각자에게
맞는, 다소 투박하지만 자연스러운 아름다움이
바로 '매력'이 아닐까?

노랫말에도 성형 미인과 자연 미인이 있다.
무슨 말이냐 하면, 곡을 듣고 처음 받았던 느낌을
불순물 없이 그대로 잘 옮겨낸 것과 자꾸 더 예쁘고
돋보이도록 덧입힌 것을 두고 하는 얘기다. 경험이
쌓이다 보니 둘의 차이가 직감적으로 느껴질 때가
있다.

처음부터 끝까지 자연스러운 매력을 가진 노랫말을
만나면, '이게 왜 좋게 들리지?' 싶을 정도로 엉뚱한
가사라 해도 꼭 맞는 옷처럼 잘 들린다. 양말을
짝짝이로 신었는데, 실수가 아니라 일부러 의도한 듯
귀여워 보이는 이치와 비슷하달까.

〈바보에게 바보가〉를 처음 의뢰받을 때, 이미
작곡가가 써두어서 정해져 있는 한 구절이 있었다.

'보란 듯이 살아볼 거야'

49

당신의 뒷모습만 봐도 눈물 콧물이 나던걸

이 한 줄은 멜로디와 어울리는 것은 물론, 임팩트가
굉장했다. 원래 작사하는 데 정해져 있는 부분이
있고, 그게 뭔가 부자연스럽다면 도저히 다음 가사가
나오질 않는다.

다행히 이 가사는 첫 느낌이 참 좋았다. 빵 형님이
씻고 나온 그 짧은 시간 동안 가사를 다 쓸 수 있던 게
바로 그 한 줄이 던져준 느낌 덕분일 정도로.

'너무 걱정하지는 마 / 보란 듯이 살아볼 거야'와 같은
첫 가사는 전형적인 발라드 패턴이 아니다. 보통은
사비에 이런 가사가 나오고, 도입부엔 상황이나
배경 설명이 나오는 게 무난한 배치다.

하지만 시작부터 다짜고짜 보란 듯이 살아볼 거란
말이 나오니 사람들은 순간적으로 '어?' 하면서
귀를 기울이게 된다.

사비는 '바보도 사랑합니다'부터 시작된다.
곡의 하이라이트로 감정이 고조되는 구간이다.
여기서부터는 그저 앞에서 잡아둔 감정대로 저절로
흘러갔다. 흔히 감정을 깊게 살려야 하는 발라드에서
주인공인 화자가 '바보'와 같은 단어로 낮춰지거나

50

부족한 존재로 그려지는 가사는 흔치 않다. 그러나
이 곡에서는 고난의 길이 눈앞에 있는데도 이를
피하려 들지 않고 씩씩하게 헤쳐나가려는 사람이
떠올라 '바보'라는 핵심 단어를 고르게 되었다.
한 가지 더. 중간에서 화자는 말을 건네는 대상이
바뀐다. 쓸 때는 그것마저 인식을 못 했다.
남자는 '왜 이런 바보를 사랑한 거니 / 네 마음이
이뻐서 / 네 사랑이 고마워'라며 사랑하는 여자를 향해
말을 건넨다. 그러다가 곧 '보내주신 이 사람 / 이제
다시는 울지 않을 겁니다 / 나 이제 목숨을 걸고 / 세상
아픔에서 지켜낼게요'라며 신 혹은 결혼을 허락하신
부모님을 향한 듯한 말을 이어간다.
이 노래를 듣는 내내 뭉클할지언정, '왜 화자가
말하는 대상이 달라져?'라며 이상하거나 산만하다는
느낌이 들지는 않는다. 보통 한 곡 안에서 가사는
주로 한 사람만을 향해 말한다. 특히나 사랑 노래인
경우, 그 대상은 연인을 향하는 경우가 많다.
어쨌든 대상이 바뀌면 산만해질 수 있으므로
피하는 게 보통이다.

당신의 뒷모습만 봐도 눈물 콧물이 나던걸

그렇지만 중간에 화자가 말하는 대상이 바뀌는 방식을 적절히 활용하면 도리어 전환되는 느낌이 훨씬 진정성 있게 들리기도 한다. 특히 〈바보에게 바보가〉는 다른 발라드처럼 상황을 설명하려 들지 않고 첫 줄부터 귀를 사로잡고 시작하기에, 청자가 그 가상 상황에 바로 빠져들게 한다. 그런 이입 효과 덕에 말하는 대상이 달라져도 크게 이상하지 않고 자연스럽게 들리는 거다.

가장 중요한 건 자연스러움이다. 이런 가사는 이론이나 기술로 재단되지 않는다. 가수의 사연과 절절한 마음이 곡에 자연스럽게 녹아들었다고밖에 설명되지 않는다.

후회는 사치일 뿐이야, 다시 시작할 거야

〈바보에게 바보가〉가사 속 남자는 솔직히 찌질한데, 은근히 멋있다. 그 이유가 뭘까?

그는 초라한 상황에 놓여 있으면서도 못나게

물러나지도, 전략적으로 계산하지도 않는다. 그저
진심을 담담히 얘기하는 투박한 남자 느낌이 있다.
상대를 애써 이해시키거나 설득하려는 의도 하나
없이 순수한 마음을 있는 그대로 쏟는다. 화려하게
꾸며둔 이벤트보다 "오다 주웠어"라 말하고 먼 허공을
바라보는 무심한 다정함이 더 매력적으로 보이는
것과 같은 이치라고나 할까.

'후회는 사치일 뿐이야 / 다시 시작해 볼게'

이는 박명수 씨 입장에서 절실할 마음의 소리였다.
서로에게 의도치 않게 상처를 주며 시작한
사랑이었다. 하지만 후회할 수 없는 사랑이었다.
처한 상황은 달랐지만 이때 나도 영화판에 뛰어든
것부터 시작해 하루하루를 후회로 보냈다.
이런 나와는 달리 박명수 씨는 자기가 걸어온 길을
원망하거나 현실의 벽에 좌절하는 대신
정면 돌파를 택했다.
국내에서 박명수란 개그맨을 모르는 사람이 있던가?

당신의 뒷모습만 봐도 눈물 콧물이 나던걸

잘나가는 연예인이면서도 박명수 씨는 반대하는
결혼 앞에서 실망하거나 자괴감에 빠지는 대신,
돌직구처럼 정직하게 부모님의 마음을 돌리려는 데에
열을 쏟았다.

후회 대신 뭐라도 해 보겠다는 그의 고군분투는
내게도 '후회는 사치'라고 꼬집는 것 같았다. 형님에게
"태연아, 아무도 너 몰라"란 말로 내 속마음을 들켰을
때처럼 말이다. 가사를 쓰는 내내 그런 자기반성이
가사 속에 고스란히 녹았다.

이런 비슷한 남성의 이미지를 그린 노래로 임재범
씨의 〈고해〉를 들 수 있다(물론 이 곡은 스케일도,
가사가 주는 무게감도 더 크다). 가사 속 남자는 자신의
분수에 맞지 않는 너무 귀한 여성을 감히 사랑하는
것에 대해 고해한다. 부족하고 못난 남자라 자처하는
그가 하나도 옹색하지 않고 도리어 강인하고 우직해
보이는 이유 역시도 비슷하다. 꾸미지 않는 투박함.
자기 약점을 인정하고 계속 나아가려는 사람은
멋있는 법이다.

〈바보에게 바보가〉는 실제 결혼식에서 축가로 쓰게

될 곡이니, 박명수 씨가 지닌 친근한 이미지에
맞춰 〈고해〉보다는 힘을 빼고, 대신 수더분함과
스위트함을 넣었다.

어둠을 거느리지 않은 빛은 없다

〈바보에게 바보가〉 작업을 마치고서 인연이 되어
박명수 씨와 친분이 생겼다. 그는 생각만큼이나 좋은
사람이었으므로 내가 그토록 의미 있는 축가 가사를
선물할 수 있어 무척이나 영광스러웠다.
영화는 어떻게 됐느냐고? 알다시피, 나는 결국
영화를 찍었다. 영화에 대한 욕망은 참 이상한
것이다. 영화를 엄청나게 사랑했느냐 하면,
그것도 아니었다. 시, 작사, 영화 모두 솔직히 말해서
재밌고 즐거워서라는 이유만으로 하는 건 아니다.
늘 치열했다. 이 치열함은 내게는 생계였고,
직업인으로서의 책임감이었고, 창작자로서
반드시 지녀야 하는 기본 태도 그 자체였다.

의무와 부담이 언제나 존재했다. 여유롭고 낭만적인 마음을 가질 정도로 넉넉한 환경이 주어진 적이 없다. 언제나 하나하나씩 정복해 나가는 각오로, '이렇게 하지 않으면 난 이 판에서 죽는다'라는 마음으로 일해왔다.

영화도 마찬가지였는데, 그렇다면 몇 년 고통스럽게 버티는 것보다는 때가 되면 포기할 줄 아는 게 현명했을 수도 있다. 하지만 영화 《시월애》에 삽입될 편지글을 써달라 의뢰가 들어오거나, 작은 역할을 맡아 출연하게 되는 등 영화에 관련된 자잘한 기회들이 간간이 이어지며 영화인으로서 나의 수명을 희미하게 연장하곤 했다. 마치 꾀어내지 못한 사랑에 더 매료되는 것인 양, 결국 나는 계속 영화를 손에서 놓지 못했다.

〈바보에게 바보가〉를 계기로 이전의 패배 의식에서는 벗어났지만, 영화 제작자를 찾는 일은 여전히 풀리지 않는 현실의 숙제였다. 대신에 그런 절박함을 꽁꽁 싸매고서 혼자 앓는 대신에 주변에 자문하고, 넉살 좋게 도움도 청해보는 용기가 생겼다.

자존심을 접으니 오히려 나 자신에 대한 믿음과
자존감이 올라왔다.

〈바보에게 바보가〉는 내 인생의 축가라 해도 좋을
정도다. 게다가 이 작업을 계기로 영화 일도 잘
풀리게 되었으니 현실의 축복이기도 했다.

빵 형님이 영화사 대표를 소개해 준 덕분에 기어이
첫 영화 《슬픔보다 더 슬픈 이야기》를 촬영할 수 있게
된 거다. 물론 영화가 나오기까지 또 다른 우여곡절이
많았지만, 막말로 맨땅에 헤딩하듯 덤벼든 놈이
결국에 메가폰까지 잡게 된 건 실로 기적이었으니까.
당시에는 평가가 엄청 좋았다거나 인정을 받진
못했다. 영화라면 질색하는 아내와는 달리,
나는 여전히 이 일 역시 인생의 업적 중 하나라고
생각한다. 영화판에 원태연 감독의 작품 하나를
남길 수 있었음이 정말 뿌듯하고 좋다.

여담인데, 당시에는 변변찮은 작품으로 얘기되던
것이 근래에 다시 주목받기 시작했다. 이유는
《슬픔보다 더 슬픈 이야기》를 대만에서 리메이크한
작품 《모어 댄 블루》가 엄청나게 흥행했기 때문이다.

당신의 뒷모습만 봐도 눈물 콧물이 나던걸

특히 중국 본토에서는 역대 흥행수익으로 무려
66위를 기록했다(참고로 67위가 케이트 윈슬렛과
레오나르도 디카프리오 주연의 그 유명한 '타이타닉'이다).
조만간 중국에서도 이 영화를 리메이크한다고 하며,
이게 성공하면서 넷플릭스 오리지널에서 '모어 댄
블루' 시리즈도 제작되었다. 그러다 보니 이 작품의
원작인 내 첫 영화가 다시금 화제가 된 거다.
인생이란 얼마나 뜻밖의 일들의 연속인가!
다른 사람을 위한 축가가 내 인생의 새로운 행진에도
박수와 응원을 보내준 것처럼 말이다.
결혼식을 마친 부부처럼 달뜬 마음을 안고,
덕분에 나도 어둠을 벗어나 나를 향해 쏟아지는
환한 조명과 아름답게 날리는 꽃가루를 맞으며
당당히 나아갔다. 한없는 어둠 속 한발 늦게
반짝여준 빛이라서 더 반갑고 눈부시다.

바보에게 바보가

작곡 Minuki
작사 원태연 · Minuki
노래 박명수

너무 걱정하지는 마
보란 듯이 살아볼 거야
후회는 사치일 뿐이야
다시 시작해 볼게

나 어제 또 울었어
나 어제 또 슬펐어
왜 이런 바보를 사랑한 거니
네 마음이 예뻐서
네 사랑이 고마워
이젠 이 손을 잡고
다시 태어날 거야

바보도 사랑합니다
보내주신 이 사람
이제 다시는 울지 않을 겁니다
나 이제 목숨을 걸고

세상 아픔에서 지켜널게요
이 사람을 사랑합니다
널 위한다는 그 이유로
너를 보낼 뻔했어

나 그렇게 바보야
넌 내 사랑 바보고
서로를 많이도 울게 했었지
네 사랑이 없다면
널 만날 수 없다면
아마 나는 평생을 후회하며 살 거야

바보도 사랑합니다

보내주신 이 사람

이제 다시는 울지 않을 겁니다

나 이제 목숨을 걸고

세상 아픔에서 지켜낼게요

이 사람을 널 위해 노력해 볼게

널 위해 살아갈게

나약한 마음 따위 모두 버릴게

우리의 사랑을 위해

너의 손을 잡고 놓지 않을게

사랑하는 내 사랑 바보야

작은 날갯짓이 바꾼 거대한 것들

#8

나비효과 / 신승훈

피치트리 할머니

고등학교 때 친구 하나 그리고 희한한 인연으로 알게
된 대학 친구 하나 그리고 나. 이렇게 스물대여섯의
청년 셋이서 자동차로 미국 일주를 한 적이 있다.
40여 일 정도를 운전자, 지도를 봐주는 조수,
뒷자리에서 잠을 보충하는 사람의 세 역할을 번갈아
하며 이동했다.

한번은 워싱턴디시 부근을 지나는데, 이 근처
피치트리라는 마을에 먼 친척 할머니가 계신다는
친구 녀석의 말을 듣고 무작정 그곳으로 가기로 했다.
그런데 너무 시골이어서 20분 거리라던 집이 40분을
헤매도 찾기 어려웠다. 배가 너무 고파 인적 드문
숲에서 대강 고기를 구워서 요기하고 지나가려는데,
구세주처럼 웬 차 한 대가 지나가는 것이다.

동아줄이다 생각하고 누가 먼저랄 것도 없이 셋이
두 팔을 휘적이며 헤이 헤이 애타게 소리를 질렀다.
조상신이 돕기라도 하신 건지 차에서 내린 남자가
우릴 보더니 다짜고짜 어색한 한국어를 섞어가며

63

말했다.

"웨어 아유 프롬? 그런데 나 한국말 할 줄 알아요."

미국의 외딴 숲속 마을 깊은 곳에서 좀 서툴지라도
한국말을 할 줄 아는 미국인을 만나다니!
그는 예전에 용산에 있었고, 부인이 한국인이라고
했다. 정 많고 오지랖 넓은 그의 도움으로 겨우겨우
할머니 댁을 찾았다.
넓은 정원이 딸린 이층 저택은 세월의 자취를
멋스럽게 입고 있었다. 큰 창으로 빛이 쏟아져
들어와 내부도 밝고 탁 트인 느낌이 들었다. 압권은
집 안 곳곳에 절묘하게 놓인 구름 그림들이었다.
비행기에서 혹은 그만큼 높은 고도에서 바라본
구름이 시선 닿는 곳마다 놓여 있어 마치 내가 하늘
위를 걷는 기분이었던 게 아직도 잊혀지지 않는다.
할머니는 그 연세까지도 그림을 팔아 자리 잡을
정도로 꽤 성공한 화가였다. 당시에는 한국인이라고
하면 미국의 보수적인 지역에선 화장실도 못 쓰게

할 정도로 한국은 변방의 보잘것없는 나라로
인식되었다. 그러니 백발이 된 한국인 할머니가
이곳에서 화가로 발붙이기까지 얼마나 애쓰셨을지는
미루어 짐작할 만했다.
할머니는 특히 시를 쓴다는 나를 기특하게 보시고는
귀여워해 주셨다. 내게 예술가로서 살아가는 일에
관해 이런저런 이야기를 들려주셨다.

"나는 그림으로 완전히 유명해지고 싶고, 지금보다
더 잘한다는 얘길 듣고 싶고, 그림으로 돈도 엄청나게
벌고 싶어. 이 욕구를 솔직히 인정해야 해.
그래야 그 길이 보이게 되거든."

예술이라 하면, 현실적인 것들과 타협하지 않는
고차원의 욕구를 품고 배고픔을 당연하다고 간주하곤
한다. 그런데 30년도 더 된 그 시절에 나이 지긋하신
할머니가 이런 예술관을 설파하시다니.

"평소에 틈틈이 예술 하는 사람은 가짜야.

당신의 뒷모습만 봐도 눈물 콧물이 나던걸

그럴 여유가 어디 있어? 의식이 붙어 있는 내내 작품 생각만 하는 게 진짜 예술가지."

그 말씀을 듣고 나서 할머니 그림 속 수많은 구름을 하나하나 자세히 들여다보니, 어느 그림을 보아도 같은 모양이 없었다.

"난 잘 때도 구름 그림을 생각해. 그냥 눈뜨자마자 생각이 나. 영감이라는 게 그냥 오는 게 아니거든. 번쩍이는 아이디어는 그렇게 종일 생각하던 중 겨우 몇 달에 한 번 찾아올까 말까 하는 거야."

할머니가 말하길, 근처 큰 병원에는 피카소 그림도 있고, 잭슨 폴록 그림도 걸려 있단다. 그렇지만 자기 그림은 아직 은행에서만 사 간다고.

"내 목표는 병원에서도 내 그림을 사 가는 거야."

그냥 열심히만 그리면 워싱턴디시에서 은행에밖에

그림을 걸 수 없단다. 그래서 할머니는 '평소에 열심히 할 거야'라는 건 한가한 마음가짐이고 훨씬 더 집요해야 한다고 강조했다.

"창작 활동을 무시하는 게 싫어. 할 거 다 하고 남는 시간에 열심히 하겠다는 가벼운 마음 말이야. 그러면 아무것도 될 수 없지. 정말 죽어라 해야 해. 물론 타고난 재능이 다인 것처럼 느껴질 때도 있어. 예술에선 재능도 중요하지. 어릴수록 그게 전부인 것처럼 보여."

그때의 나 역시 재능이나 운이 전부일 거라 생각했다. 하지만 할머니의 다음 말이 가슴에 남아 나는 그대로 앉아 한동안 꼼짝할 수 없었다.

"근데 재능, 특히 노력 없는 재능은 담배 같은 거야. 몇 보루 있어봤자 어느 순간엔 결국 다 태워져 연기처럼 날아가 버리거든."

당신의 뒷모습만 봐도 눈물 콧물이 나던걸

햇살처럼 쏟아지던 호의

2008년, 경제 사정이 한창 안 좋았을 때다.
첫 영화를 찍기 직전이라 그동안 모아둔 걸 다 쓰고서
벌이가 생기기 전이었으니까.
당시에 나는 작업실도 따로 없었다. 그런데
알고 지낸 지 얼마 안 된 형님 한 분이 작업실 할 만한
곳이 있다며 자기 회사로 부르셨다. 방배동에 있던
한 엔터 회사의 대표였던 이 형님은 회사 4층에 있는
자기 방을 작업실로 쓰라고 내게 선뜻 내어주셨다.
내가 열심히 정직하게 해 보려는 것 같은데, 그에
비해 운이 잘 따라주지 않는 것 같아 안타까웠다면서.
놀랍게도, 내게 이 방을 내어주곤 정작 본인은
직원들이 바글바글 모여 일하던 1층에 가서 업무를
보았다.

"내 일이야 혼자 틀어박혀 집중할 게 따로 있나 뭐."

별거 아니란 식으로 말씀해 주신 게 나에 대한

배려였음을 안다. 염치없긴 했지만, 얼른 재기하는
모습을 보여드리는 게 갚는 거란 생각으로 감사히
공간을 사용했다.

"저 방 냉장고에 물은 항상 볼빅으로 채워주세요."

생수 하나도 내가 즐겨 마시던 걸 기억하고 있다가
챙겨주셨다. 내가 혹시나 기죽을까 봐 그러셨던 거다.
그 4층 사무실은 시간이 꽤 흘렀음에도 머릿속에
생생하게 그려진다. 유난히 맘에 드는 곳이었다.
커다란 통유리창 앞에는 작은 테라스도 있었다.
한낮에 화사하게 쏟아지던 볕은 우울에 젖어 있던
마음을 포근히 말려주었고, 늦은 오후에는 사선으로
뻗어 들어와 절로 여러 인상을 불러일으켰다.
그래서인지 당시에 썼던 가사들은 다 반짝반짝
빛난다.
또 좋은 공간은 좋은 기운을 모이게 하는 건지,
운 좋게도 영화 촬영을 위한 첫 삽도 여기에서 떴다.
그동안 안 풀렸던 것은 내 마음의 준비도 한몫했던

69

터였다. 맘에 드는 곳에서 여유를 되찾자 꽉 막혀
도무지 앞이 보이지 않을 것 같던 일들도 하나씩
실마리가 풀리기 시작했다.

발라드 황제는 왜 내게 작사를 맡겼을까?

데뷔 이래 거의 30여 년이 넘는 지금까지도 '발라드의
황제'라는 수식을 달고 사는 가수 신승훈. 내가
재기를 꿈꾸며 작사와 영화 작업에 몰두할 그즈음,
승훈이 형도 가수 인생에서 큰 변화를 시도 중이었다.
신승훈이라고 하면 1집부터 8집까지 전부
밀리언셀러였고, 그다음 10집까지는 누계 판매량이
무려 1500만인 메가 히트 가수 아니던가?
그런 그가 감성적이고 애절한 발라더에서 변화를
꿈꾸고 있었다. 그동안 전혀 해본 적 없던 프로젝트
앨범을 준비하면서 말이다. 승훈이 형은 하나의
콘셉트로 채운 세 장의 앨범을 기획하고 있었는데,
그 첫 번째 앨범이 될 《라디오 웨이브》에 수록될 노래

몇 곡의 가사를 내게 써달라고 했다.

"형이 직접 쓰지 않고요?"

승훈이 형은 그동안 타이틀은 물론 수록곡들도
대부분 직접 작사, 작곡을 해온 싱어송라이터로도
유명하다. 그런 그가 이번에는 음악적으로 크게
변화를 주는 앨범이라며, 그런 의미에서 작사를
다른 이들에게 의뢰하는 거라 답했다.

"태연이 넌 아예 삼진아웃 아니면 만루홈런이잖아.
이번에 써보고 싶은 거 골라서 홈런 한번 쳐보자."

그러면서 곡들을 들려주었다. 하나하나 들으면서
새삼 그가 저절로 대가수가 된 게 아니란 생각이
들었다. 〈보이지 않는 사랑〉 〈미소 속에 비친 그대〉 등
정통 발라드를 하던 신승훈이 이런 강력한
모던락 사운드라니. 본래 갖고 있던 감수성 짙은
멜로디도 놓치지 않고서 말이다.

당신의 뒷모습만 봐도 눈물 콧물이 나던걸

"이런 곡에 왜 가사를 붙여요. 이미 자체로 너무
좋은데."

이건 정말 진심이었다. 〈나비효과〉는 그중에서도
제일 좋았다. 이 곡과 〈라디오를 켜봐요〉가 좋아서
내가 작사를 쓰겠다고 했는데, 역시나 그 두 곡이
이 앨범에서 가장 히트했다. 가사 덕이 아니라,
이미 멜로디와 편곡만으로도 너무나 좋은
곡들이었기 때문이다.
〈나비효과〉를 작업할 때를 돌이켜보면, 내게도
몇 가지 재기의 기운이 몰리던 시절이었다.
가사도 술술 풀리고, 영화 작업도 이제 본격적으로
시동을 걸 수 있었다. 그래서인지 작사 작업 자체도
큰 막힘없이 저절로 손 가는 대로 썼다.
신기한 일 하나는, 가사를 다 쓰고 나서 멜로디에
맞춰 들어보다가 아무 생각 없이 악보 맨 위에
〈나비효과〉라고 제목을 써넣은 거다.
가사의 어디를 봐도 연관성이 없는 말인데
무의식적으로 그렇게 적었다.

그런데도 생각했던 곡의 이미지와 이 제목이 원래
있던 것처럼 착 붙었다. 더 신기한 일은 그 까탈쟁이
완벽주의자 승훈이 형도 별소리 없이 내가 붙인
그대로 〈나비효과〉라는 제목을 낙점해 주었다는
점이다.

작사가의 날

작사 작업은 내가 해왔던 일 가운데 가장 경쟁이
심해서 거의 정글에 가깝다. 영화, 책, 드라마… 이런
콘텐츠의 경우, 소비하려는 사람이 스크린이든 TV든
책이든 어쨌든 뭔가를 적극적으로 보려고 시도해야
볼 수 있다. 그러니까 그 사람이 딱히 원치 않으면
그것을 보거나 접하지 않을 수 있다.
하지만 음악은 그게 힘들다. 내가 원치 않아도
카페에서 듣게 되고, 길거리를 지나다가도 듣는다.
그렇다 보니 수많은 곡들이 수시로 비교당하고
선택받는 상황에 놓인다. 유행도 기가 막히게 빨리

바뀐다. 그것조차도 빨리빨리 알아채는 국민이라서
케이팝이 이토록 위상을 떨치는지도 모르겠다.
작사가 입장에서 보면 누군지도 모르는 경쟁자들의
작품이 바깥에 나가기만 하면 쏟아져 들어온다.
길거리에서 귀에 확 꽂히는 가사가 들려오면
반사적으로 긴장하면서 쫓기는 사람처럼 발길을
옮긴다. 한시도 자기 안에 고여 있으면 안 되는
직업인 것이다.

'저거보다 더 사람들을 자극하고 더 듣고 싶게 하는
가사를 써야겠다.'

하지만 작업이 언제 들어올지도 모르는데,
그런 준비는 대체 어떻게 해야 할까?
우선 '난 저거보다는 훨씬 쿨하고 괜찮은 걸 할 수
있다'는 마음가짐부터 준비해야 한다. 이때 정말
아무런 준비도 하지 않는다면 당연히 기가 죽어서
그런 자신감을 갖기 어렵다. 작사 전쟁에 뛰어들 때
확실한 나만의 무기가 있어야 하는 이유다.

나의 경우에 그 무기는 '메모'였다.

사자는 생쥐를 사냥할 때도 최선과 전력을 다한다고 한다. 그 말이 너무 멋있어서 좀 찾아본 적이 있다. 사자는 사냥에 세 번 실패하면 에너지가 고갈되어 죽을 수도 있단다. 그래서 이 녀석들은 한 번 사냥에 나설 때마다 온몸으로 긴장하는 거다.

작사가도 이와 마찬가지다. 항상 긴장하고 있어야 한다. 자신이 미처 알아채지 못하는 순간에도 항상 준비 태세를 갖추는 거다. 피치트리 화가 할머니 말씀처럼. '오늘은 시 좀 써볼까?' '오늘은 작사 한번 해봐야지'처럼 한가한 태도가 아니라, 무심결에라도 모든 감각을 통해 보고 듣고 생각하는 것들 중 쓸 만한 걸 집어내 본다. 내가 원하는 것을 내가 원하는 때에 꼭 맞게 해내려면 메모는 단연코 24시다.

날이 서 있다는 말을 들어본 적 있을 거다. 무뎌진 스케이트의 날을 갈아 손으로 쓱 만져보면 날카로운 쇠 입자가 피부에 느껴진다.

그게 바로 날이 서 있다는 거다. 작사가라는 직업을

제대로 하는 이들은 언제나 날이 그렇게 서 있다.
그렇게 매 순간 벼려내며 얻는 모든 것을 메모장에
기록해 둔다. 언제 타버릴지 모를 타고난 재능보다
내가 직접 쌓아올린 이 메모가 더 믿을 만한 것임은
당연하다. 언젠가 이것들은 반드시 제 역할을
해줄 거라고 말이다.
물론 메모장 속은 말 그대로 카오스다.
직접 메모를 기록하고 수집한 나 아닌 누군가에게는
분명 연관성 없는 단어와 문장들이 두서없이 나열된
파일 더미일 뿐이다. 혼돈 그 자체인 메모장에
오늘 지금 어떤 말을 기록해 두는 일은 아주 작은
우연에 불과할지 모른다. 하지만 그 말이 나중에
결정적 단서로 채택되어 엄청난 히트곡을 만드는
기폭제가 되곤 한다. 아주 사소한 오늘의 메모가
어떤 결과를 가져올지 모른다.
달리 말해 영감은 도처에 있지만 그걸 발견하고
수집하는 건 어느 한 시점 장소 공기 온도⋯ 정말
미미한 우연에 불과하다.
그래서 혹시라도 작사를 꿈꾸는 사람이 내게 당장

무엇을 해야 하는지 묻는다면, 무조건 이렇게 답하고 싶다.

"꿈만 꾸지 말고 당장 메모 한 줄부터 시작하세요."

기억의 서랍 속 그 장면

물론 집중적으로 메모를 하기에 좋은 시간은 따로 있다. 나는 주로 늦은 밤과 새벽, 가만히 앉아서 이런저런 감각들을 열어둔다. 때론 음악을 듣기도 하고, 창밖의 나무들을 멍때리며 바라보기도 한다. 그러면서 나른히 풀려 있는 감각을 통해 들어오는 다양한 것들 중 나중에 다시 느끼고 싶은 조각들을 주섬주섬 주워 담는다. 한창 작업할 때는 적당한 압박감이 동력이 된다지만, 이렇게 메모 재료들을 모을 때는 아주 느슨하고 고요한 상태여야 얻어지는 결과물이 더 풍성하다. 메모에 관한 한 가지 팁이 더 있다.

당신의 뒷모습만 봐도 눈물 콧물이 나던걸

나는 주제어별로 구분해서 내용을 저장해 두곤 한다.
사랑, 기억, 풍경, 사람, 책…. 이렇게 다양한 이름의
폴더 안에는 맘에 드는 글귀를 담아둔 것도 있고,
이를 나만의 문장이나 말로 재구성해서 기록해 둔
것도 있다.

물론 이 가운데 대부분은 써먹지 못하고 사장될
운명이다. 하지만 어떤 것들은 찰떡처럼 잘 맞는 곡을
만나 언제 잠들어 있었냐는 듯 생명력을 반짝인다.
저장고 안에 그 순간을 기다리는 메모가 많을수록
활용할 수 있는 경우의 수도 많아지는 것은 당연하다.
그런데 이 메모가 단어, 문장이 아니라, 그림인
경우도 있다. 가령, 나는 영화든 숏폼이든 유튜브
영상이든 닥치는 대로 보다가 나중에 작사할 때
쓸 만하다 생각하는 것들을 저장해 둔다.

특히 유튜브라는 플랫폼이 생긴 뒤로는 얼마나
고마운지 모른다. 전에는 영상을 기록해 놓고 싶어도
묘사로는 한계가 있고 이미지로 저장하고 싶어도
머릿속에 새기는 것 외에는 방법이 없었다.
당연히 시간에 풍화되어 내가 본 그대로 온전히

기억할 수가 없는데, 요즘엔 북마크라는 좋은 도구가 생겼다. 숱한 보물들을 내 재고 창고로 보관할 수 있어 든든하고 편리하다. OTT도 마찬가지다. 세계 각국의 영화, 드라마를 보고서 그중 새기고 싶은 걸 따로 보관할 수 있으니, 세상의 발전 덕분에 일하는 데도 큰 혜택을 받는다.

〈나비효과〉를 작업할 때 시작점을 터준 게 바로 이 그림과 영상 메모였다. 곡의 가이드를 듣다 보니 문득 예전에 본 프랑스 영화의 한 장면이 떠올랐다. 너무 오래돼서 제목은 도저히 기억나지 않는다. 장면은 이렇다. 커다란 소파에 앉은 남자의 뒷모습을 카메라가 뒤에서 찍고 있다. 이어서 그가 바라보고 있는 텔레비전 화면이 렌즈를 통해 클로즈업된다. 남자는 손에 리모컨을 들고 있는데, 텔레비전은 편성 시간이 끝난 건지 '칙' 소리와 함께 노이즈 화면이 나올 뿐이다.

승훈이 형의 곡을 듣는데 텔레비전 화면이 꺼졌다 켜졌다, 다시 꺼지기를 반복하던 그 장면이 눈앞에 신기루처럼 어른거렸다.

당신의 뒷모습만 봐도 눈물 콧물이 나던걸

왜인지 모르겠지만, 가이드를 듣는 순간 머릿속에
영화처럼 재생되었다.

'리모컨을 들고 TV를 보다 / 드라마가 슬퍼
끄고 말았어 / 아무것도 없는 화면을 보다 /
사랑도 이렇게 꺼진 걸 알았어'

이 가사는 바로 이 기억의 메모에서 탄생했다.
물론 애초에 그 영화를 머릿속에 새길 때는
나중에 이 장면이 이토록 결정적인 장면이 될 줄은
알지 못했다. 다른 많은 메모들처럼.

우연한 날들이 태풍이 되어

'내일 일을 지금 알 수 있다면 / 후회 없는 내가
될 수 있을까 / 내가 지금 알고 있는 모든 걸 /
널 보낸 그때도 알았었더라면'

〈나비효과〉의 첫 줄인 이 구절 역시도 메모장의
역할이 컸다. 예전에 책을 읽다가 알 수 없는 미래와
후회에 관련된 구절을 보고, 내 생각까지 덧붙여
메모해 둔 게 있었다.

리모컨을 들고 아무것도 나오지 않는 화면을 껐다
켰다 하는 남자 이미지를 곡 속에서 그려주고 싶다는
생각이 든 뒤로, 나는 그의 심정을 대변할 글감을
찾으려고 메모를 뒤졌다. 그때 저 메모를 찾았다.
어떤 장소에 입고 갈 옷을 찾을 때 옷장 안에서
옷을 하나씩 꺼내 거울에 비추어보고 제일 잘
어울리는 걸 고르는 모습을 떠올려 보자.
마찬가지로 메모도 하나씩 꺼내 머릿속 멜로디에
입혀보고 비추어보면 된다. 혹시나 '이건 아니다'
싶으면 넣어두고, 또 다른 메모를 꺼내보고 다시
넣어두기를 반복한다.

그러다가 이 남자의 마음을 대변할 만한 건 바로
'후회'였을 거란 생각이 스쳤다. '후회'라고
이름 붙인 폴더를 열어 기존에 내가 써온 메모를
훑어보았다. 그렇게 기본 감정에 잘 맞는 표현을

당신의 뒷모습만 봐도 눈물 콧물이 나던걸

선택하고, 애달픈 감정을 더하기 위해
'슬픈 드라마'라는 구절을 넣어 주인공에게 딱
어울리는 이야기를 입혀주었다.
모던한 기계 사운드가 들어가 기존의 승훈이 형
곡과는 다른 곡이긴 했으나, 그의 깊은 감수성과
발라드 황제라는 정체성도 놓아선 안 됐다. 그래서
상상 속 남자는 사랑하던 연인과 이별하고 후회하고
슬퍼하는 드라마의 주인공이 된 거다.

'널 보내기 전에 / 모두 알았더라면 미리 알았더라면 /
우리 지금 혹시 차 한 잔을 같이 했을까'

후회와 사랑, 슬픔이라는 감성이 잘 어우러져
'음악적 변화'와 '신승훈의 정체성'이라는
두 마리 토끼를 모두 잡을 수 있었다.
그리고 가사 내용 중에 한 번도 등장하지 않은
〈나비효과〉라는 제목이 그 신비롭고 모던한 감각을
긴 설명 없이 무드만으로 잘 잡아주었다.

피치트리 할머니의 말이 〈나비효과〉 작업을 하면서
유독 더 생생했다. 한때 나는 신내림이라도 받은 듯,
쓰는 족족 시와 가사로 인기를 얻은 시절이 있었다.
그러나 이런 감각은 반짝 어느 시점에만 찾아왔다가
금세 사라졌다.
하지만 메모는 달랐다. 이건 어느 날 갑자기
내게 주어진 게 아니라 내가 차곡차곡 채우고
일구면서 헌신적으로 준비한 것이다. 누군가 함부로
부정할 수도, 따라 할 수도, 따라 올 수도 없는
나만의 길, 나만의 속도다.

절대 생활비를 떨어뜨리지 않는 가장이 되겠다던
다짐을 제대로 지켜내지 못한 지 몇 년째였다.
이런 나를 보고 대표님은 자기 사무실까지 흔쾌히
내어주셨다. 이 은혜에 보답하기 위해 그리고
가족을 위해 나는 반드시 재기해야 했다.
승훈이 형님은 오직 자기 자신을 뛰어넘기 위해
기존의 명예로운 타이틀을 두려움 없이 내려놓았다.
그리고 그 길에서 내게 기꺼이 만루홈런의 기회를

당신의 뒷모습만 봐도 눈물 콧물이 나던걸

만들어주었다.

피치트리 할머니는 평생토록 구름 그림을 손에서
놓치 못하셨다. 그리고 그렇게 쌓인 구름 사이로
빛나던 예술가의 통찰을 예술가로서 첫 발을 내디딘
내게 들려주셨다.

그리고 마침내 나는 오래된 메모 중에서 승훈이
형님의 곡에 가장 아름답게 꼭 들어맞는 문장과
장면들을 꺼내었다.

작고 사소하지만 간절한 날갯짓이 운명처럼
우연처럼 얽히며 태풍 같은 변곡점을 만들어낸다.
그때 날아오를 수 있게 언제든 준비되어 있어야 한다.
준비되어 있지 않은 사람에게는 기회가 찾아와도
소용이 없다. 끝모를 구렁텅이에서 건져내 줄 자비가
손짓할 때 이에 응답할 준비가 되어 있어야
비로소 도움닫기라도 해볼 수 있다.
언젠가 적어둔 아주 사소한 메모 하나가
15년이 흘러도 사랑받는 명곡이라는
태풍을 몰아오듯 말이다.

나비효과

작곡 신승훈
작사 원태연
노래 신승훈

내일 일을 지금 알 수 있다면
후회 없는 내가 될 수 있을까
내가 지금 알고 있는 모든 것
널 보낸 그때도 알았었더라면

리모컨을 들고 TV를 보다
드라마가 슬퍼 끄고 말았어
아무것도 없는 화면을 보다
사랑도 이렇게 꺼진 걸 알았어

난 살아 있고 싶어서
너와 함께 있고 싶어서
너무 많은 나를 버리고 왔다

난 이제 내가 없다고
네가 다 가졌다고
화를 내고 싶지만 네가 없다

바보 같은 사랑을 했지
하지만 사랑은 바보 같은 것
전부를 주고도 항상 미안해하고
매일 아쉬워하며
마지막엔 결국 혼자 남는 일

내가 지금 알고 있는 것
너를 보낸 후에 알게 됐던 것
널 보내기 전에
모두 알았더라면 미리 알았더라면
우리 지금 혹시 차 한 잔을 같이 했을까

난 사랑하고 싶어서
정말 함께 있고 싶어서
너무 많은 나를 버리고 왔다

난 이제 내가 없다고
네가 다 가졌다고
화를 내고 싶지만 네가 없다

바보 같은 사랑을 했지
하지만 사랑은 바보 같은 것
전부를 주고도 항상 미안해하고
매일 아쉬워하며
마지막엔 결국 혼자 남는 일

내가 지금 알고 있는 것
너를 보낸 후에 알게 됐던 것
널 보내기 전에
모두 알았더라면 미리 알았더라면
우리 지금 혹시 차 한 잔을 같이 했을까

터널 끝의 빛

#9

나를 잊지 말아요 / 허각

그 방의 가장 아름다웠던 오브제

2009년 처음 회사에 입사할 당시, 내게 두 개의
선택지가 주어졌다. 하나는 창문 없는 지하의 널찍한
스튜디오를 쓰되 담배를 피울 수 있다는 것이고,
또 다른 하나는 위층의 채광 좋은 방을 쓰되
거기선 금연이라는 것.
내게는 둘 다 극악의 선택지였다. 극도로 예민할 때
난 방과 방 사이, 심지어 현관문이 닫혀 있는 것마저
못 견뎌 할 정도로 폐소공포증이 심해진다.
그런데도 나는 전자를 선택했다. 담배 없이
작업한다는 건 공포증을 넘어 그냥 사망 선고라고
생각했으니.
그렇게 지하 스튜디오에 처박히게 됐다. 안 그래도
사회생활이란 걸 처음 해보는데, 작업실도 갑갑하니
자꾸 회사에 가기 싫어졌다.
그러던 어느 날, 내게도 행운이 찾아왔다. 원래 1층에
정말 탐나던 방이 하나 있었다. 그런데 마침 거길
쓰던 프로듀서가 자기 회사를 차려 독립한 거다.

회사의 배려로 나는 지하 탈출과 그림의 떡이던
그 방으로의 입성을 동시에 이뤄냈다.

다 큰 남자 어른이 새로운 방을 보고 신나 하는 게
우스울지도 모르겠지만, 그 방은 정말 맘에 들었다.
스피커며 의자며 테이블이며 어느 하나 눈에
거슬리는 것 없이 다 예쁘고 좋았다. 내가 이토록
시각적 즐거움이 중요한 사람임을 그때 알았다.
이 방에서의 작업이 기대되고 앞으로의 날들에
설렜다. 그런데 실제로 거기서 나는 영화도
성공적으로 찍게 되고, 이래저래 벌인 일들도 모두
일사천리로 잘되었다.

특히 〈나를 잊지 말아요〉는 그중 가장 손꼽고 싶은
작업이다. 그 방으로 이사하던 날 의뢰받은 곡이라
유독 더 또렷하다. 이 곡을 생각하면 절로 웃음이
나온다. 즐겁게 일했고 결과물도 딱 맘에 들게
잘했다는 생각이 들어, 그 방의 가장 아름다운
오브제로 내 기억에 박제돼 있다.

운수 좋은 날

갑작스레 방을 옮겨도 된다고 해서 기분이
좋으면서도 어안이 벙벙했다. 인사팀에서 새 방에
있던 모든 걸 그대로 둘 테니까 지금 당장 가서 써도
된다고 하니, 그제야 현실감이 생기며 긴장이 풀렸다.
필요한 책 몇 권과 내 노트북 하나만 덜렁 들고서
그토록 탐나던 방으로 이사했다. 새 의자까지 맘에
들어서 그대로 앉은 채 멍때리고 있는데 갑자기
전화가 와서 받아보니, 대뜸 가사를 써달란다.

"태연아, 가사 하나 빨리, 어서 좀 써줘."

〈그 여자〉 이후로 자주 호흡을 맞춰 왔던 전해성
작곡가였다. 그가 이렇게 다급하게 나를 찾는 건 진짜
급하고 중요한 일이라는 의미다. 알겠다고 하고서
일단 곡을 들어보기로 했다.
해성이 형은 작사와 작곡을 같이 하는 사람이다.
전에 가수로도 활동했는데, 성대결절 때문에 아깝게

당신의 뒷모습만 봐도 눈물 콧물이 나던걸

노래는 그만둔 이력이 있다. 그런 그가 직접
가이드를 부른 곡을 들려주는데, 곡 자체도 엄청
좋은데 가창까지 완벽하니 듣는 동안 이미
'이건 끝났다!' 싶을 정도로 눈이 번쩍 뜨였다.

"곡 너무 좋은데? 배경 좀 읊어줘 봐."

아니나 다를까 급하긴 급한 불이었다. 드라마 OST가
하나 들어왔는데, 배우 공효진과 차승원 씨 주연의
로맨틱 코미디로 당시 한창 주가를 올리던 홍자매가
쓴 작품이라 방송국에서도 꽤 기대하고 있단다.
곡은 다 썼고 작사를 하는데, 부담감 때문인지
영 안 풀린다고.
원래 이 형은 작사, 작곡, 노래 다 잘하는 사람인데
한 번 뭐가 안 풀리고 꼬이면 끝까지 안 풀려 하는
타입이다. 그런 그의 스타일을 알기에 급히 SOS를
요청한 것도 이해가 갔다.

"알았어! 해볼게."

선뜻 수락한 내게 형은 연신 고마워했지만 나로선
듣자마자 너무 욕심나는 좋은 곡이었다. 게다가
오늘은 그토록 원하는 곳으로 이사한 날 아닌가.
웬만한 부탁은 다 오케이할 만큼 기분이 좋았으니까.

징크스 피하는 법

"근데 이런 거 싫어하는 거 알지만, 딱 하나 조건이
있어. 사비에 '나를 잊지 말아요'를 꼭 넣어줘야 해."

해성이 형은 곡도 참 잘 쓰지만, 누군가와 작업할 때
매너도 무척 좋다. 흔히 예술 한다는 사람 특유의
거드름 없이 몇 살 아래인 내게도 늘 예의를
차려주었다.
나는 작업할 때 제약이나 조건을 많이 정해놓고
거기에 다 맞춰달라고 하는 걸 힘들어하는 편이다.
고집이 세서라기보단, 조건이 있으면 자꾸
내 페이스가 말리며 잘 안 풀린다.

당신의 뒷모습만 봐도 눈물 콧물이 나던걸

몇 번의 작업을 통해서 해성이 형은 그걸 이미 다
간파했고, "태연이 넌 맘대로 하라고 해야 더 좋은
걸 쓰잖냐"라며 웬만해서는 내게 자율권을 주는
사람이다. 그런 형이 클라이맥스라 할 수 있는
사비 부분을 콕 정해 주고서 '무조건'이란 조건을
걸다니.
일단 작업을 하기로 했으니 다시 한번 곡을 자세히
같이 들어보기로 했다. 들을수록 머릿속에는
이 곡은 잘될 거 같단 생각이 들었다.
곡이 참 단정하고 고왔다. 가수는 누구냐 물었다.

"알지? 최근에 '슈퍼스타K'에서 우승한 허각.
그 친구 데뷔곡이 될 거야."

'슈퍼스타K' 우승자로 워낙 화제가 된 인물이라서
각이를 유심히 본 적이 있다. 그의 목소리가 굉장히
좋단 건 익히 알았다. 오디션 프로그램에서 우승하긴
했지만, 아직 본격적인 가수 활동을 시작하지 않은
상황인 그가 자기 이름으로 내는 첫 곡이란다.

이 곡과 잘 어울리는 목소리였기에 가사를 잘
풀어내서 곡, 가사, 가수가 완벽한 마스터피스를
만들고 싶은 마음이 들지 않을 수 없었다.

내가 한창 머리가 잘 돌아갈 때는 옆에서 아내가
설거지하는 사이에 가사 하나를 다 쓴 적도 있고,
밥 먹다가 잠깐 느낌이 와서 가족이 남은 식사를 하는
동안에 다 쓰고 내려온 적도 있다. 마침 그즈음이
다시 한창때의 컨디션과 비슷했다. 그래서인지
사비가 정해져 있는, 보통 때에는 내가 작업하기
어려워하는 조건이 있는데도 이 곡은 막힘없이
쓱쓱 잘 써졌다.

일단 드라마의 메인테마를 잡아주는 곡이니
쉽게 생각하기로 했다. 로맨스 드라마라면 분명
주인공들이 겪는 삶과 관계의 굴곡이 있을 거고,
그런 변화에 잘 이입할 수 있게끔 곡이 아주 섬세하고
아름다웠다. 어렵지 않게 쓸 수 있을 것 같았다.
툭 하고 던지면 던지는 대로 노랫말이 잘 붙을 것 같은
나만의 촉이 있었다.

단지 내가 지키고 싶은 건 기존에 있던 김희애 씨의

당신의 뒷모습만 봐도 눈물 콧물이 나던걸

동명의 곡이 가지는 느낌을 손상하지 않는 거였다.
다시 말해, '그러고 보니 두 곡이 제목이 같네?'라고
굳이 인식하지 않으면 모를 만큼 두 곡이 각자의
매력으로 존재해 주기를 바랐다.

어렵게 살아오다가 막 가수가 된 두 형제의 눈물겨운
스토리도 방송을 통해 잘 알고 있었기에 나는 이 곡이
진짜 잘되길 바랐고, 그만큼 기대도 됐다. 각이가
진심을 담아 잘 불러줄 거라 믿어 의심치 않았다.
나는 원래 작업할 때 기대를 너무 하면 상처가 커서
기대를 잘 안 하려고 애쓰는 편인데, 이 곡은 잘될
거란 마음이 자꾸 커져 마냥 기대해도 될 것 같았다.
이 느낌은 정말 묘했다. 지금 와서 생각해 보면 그런
긍정의 기운이 강해서 징크스를 피했던 것 같다.

시는 노래가 되어

멜로디가 곱고 섬세하면 분위기를 이끄는 데
시가 편하고 좋다. 〈사랑은 언제나 목마르다〉를

작업할 때처럼. 시의 톤을 빌려 언어를 쓰면
화자의 감정과 말 그리고 곡의 온도를 맞추기에
효과적인 경우가 종종 있다.

〈나를 잊지 말아요〉도 마찬가지였다. 곡이 맑고
아름다워서인지 시를 떠올렸다. 이 곡도 시처럼
작업해 보면 어떨까? 이럴 때 내가 시인인 게
참 다행이란 생각이 들었다. 스스로 100점짜리
시인도, 100점짜리 작사가도 아니라고 스스로를
구박하면서도, 그래도 시의 힘을 빌릴 때가
생기는 거다. 내게 시는 고향 같은 것이니
언제나 믿음직스럽고 편하고.

시처럼 작업한다는 건 작사 본연의 역할, 즉
멜로디 위에 딱딱 맞아서 곡이 더 잘 들리고
입에 착 붙도록 노랫말을 쓰는 기능적 부분을
우선하기보다는 시적인 구절을 활용해
멜로디 위에 얹어만 놓게 쓴다는 의미다.
물론 사비부터는 전형적인 작사 메커니즘대로 썼다.
귀에 멜로디가 콕콕 박히도록 말이다.
하지만 시작하는 부분은 그야말로 '시' 그 자체다.

당신의 뒷모습만 봐도 눈물 콧물이 나던걸

한번에 의미가 와닿지는 않아도 깊은 의미를
섬세하고 함축적인 언어로 전달하는 거다.

'사랑이란 멀리 있는 것'
'눈에 보이면 가슴 아파 눈물이 나죠'

이런 건 전형적인 '말 같은' 가사와는 거리가 먼
'시 같은' 가사다. 그리고 이 가사 가운데 최고의
시라면 이 부분을 말하고 싶다.

'사랑을 사랑하려고 안녕 안녕 안녕'

음절 수나 강약, 발음, 감정 등 계산하고 맞춰야 할 게
많은 작사의 원칙을 잠시 내려놓고 힘을 좀 뺀 채로
그저 아름다운 가사가 곡 위에 흐르도록 쓰는 거다.
다행히 편곡으로도 이 느낌을 워낙 잘 살렸다.
특히 도입부에서는 피아노로만 전주가 들어가는
식으로 이 맑고 고운 느낌을 표현했다.
이 노래는 멜로디가 고와서 남자 가수가 부르는

노래임에도 중성적인, 혹은 여성적인 느낌까지 난다.

나는 이 고운 멜로디를 해치지 않도록 섬세하게

신경 썼다. 그래서 이 곡의 가사를 보면 구체적으로

그려지는 서사나 그림이 없다. 이야기보다는

분위기를 이끄는 시가 되었으면 했으므로.

시 작법을 끌어와 쓴 데는 '곡이 워낙 고와서'라는

이유만 있던 게 아니다.

내게는 애초에 주어진 과제가 있었다.

'나를 잊지 말아요'라는 부동의 일곱 글자가

이미 사비 자리를 채우고 있었다.

이 구절은 곡에서 여러모로 중요한 의미를 가진다.

'나를 잊지 말아요'라는 부분에 이르기기까지는

곡의 시작에서부터 어떤 감정이 쭉 이어질 텐데,

마침내 도달해야 하는 감정의 색깔이

이미 규정되어 있는 것과 같다.

그러니 어떤 면에서는 차라리 고민할 필요 없는

쉬운 문제일 수도 있고, 반대로 엄청난 제약이자

어려운 조건일 수도 있다.

다른 때였다면 이런 조건이 작업하는 데 방해되고

당신의 뒷모습만 봐도 눈물 콧물이 나던걸

걸리적거렸겠지만, 나의 장기인 시를 적용하기
좋은 곡이었기에 맞춤곡처럼 제법 잘 들어맞았다.
'안녕, 안녕, 안녕'으로 이어지는 부분에서는
굳이 잘 맞춰보겠다고 의도하지도 않았는데도
잘 재단한 듯 딱딱 맞아떨어지니, 그때부터는
날개라도 단 듯이 내가 쓰고 싶은 시를 맘껏 써도
되겠다는 자신감이 붙었다.

작사란 어떤 면에서 느낌과 감이 가장 중요한
작업이다. 이탈해서는 안 되는 정확한 선로가 놓여
있기는 하지만, 또 그 안에서 감각을 끌어올려야
뻔한 느낌이 안 든다. 이 작업은 그런 요건을 지키는
한편 완전히 날이 서서 마음대로 쓰는데도 착착
들어맞은 운 좋은 경우였다.

돌이켜봐도 내 작사 인생에 이토록 쉽고 재미있게
작업한 곡이 얼마나 있었나 싶다. 이런 작업은 속도도
빠르다. 〈나를 잊지 말아요〉의 첫 줄부터 마지막
줄까지 다 쓰는 데 걸린 시간은, 고작 40분이었다.
시처럼 가사 쓰기는 시인만 할 수 있는 방법이라며
쉽게 하는 말이라고 생각할지 모르겠다.

하지만 누구나 평소에 시를 많이 읽고 시적 문장을 쓰는 연습을 하다 보면 충분히 활용할 수 있다고 믿는다.

짧지만 강력한 네 줄

〈나를 잊지 말아요〉와 같은 곡은 '사이즈가 작다'고 표현한다. 이는 곡 전체 길이에서 클라이맥스인 '사비'에 도달하기까지 구간이 차지하는 범위, 특히 듣는 이의 귀를 사로잡기 위해 승부를 걸어야 하는 부분이 크고 작음을 설명하는 나만의 표현이다. 앞서 〈그 여자〉의 경우에는 〈나를 잊지 말아요〉와는 달리 사이즈가 큰 곡이다. 처음부터 차곡차곡 감정을 쌓아가다가 '얼마나 얼마나 더'라는 절정에 이르기까지 멜로디 수가 많다. 그렇기 때문에 앞부분에서는 이 '얼마나 얼마나 더'에 설득력을 더해줄 만한 서사에 공을 들여야 한다. 반면 〈나를 잊지 말아요〉의 경우에는 길어야

당신의 뒷모습만 봐도 눈물 콧물이 나던걸

네 줄, 짧으면 두 줄인 도입부 구간이 지난 후,

곧바로 '나를 잊지 말아요'라는 절정에 가닿는다.

흔히 사비만 너무 각인된 노래들을 부르면

도입부는 '아아아' 하는 식으로 대강 얼버무리다가

뒤에 누구나 알 법한 구간이 나오면

거기만 떼창으로 따라 부르곤 하지 않던가?

바로 이런 곡들이 사이즈가 작은 노래들인 경우다.

이 노래 역시 도입부는 멜로디만 흥얼거리다가

'나를 잊지 말아요' 만큼은 자신 있게 따라 부르는,

전형적인 그런 곡이다.

곡마다 다르긴 하겠지만 사이즈가 작다고 해서

무조건 앞의 가사에 힘을 빼진 않는다. 다만

이 곡의 경우에는 처음 들었을 때 사비를 확실하게

살려주어야겠다는 판단이 섰다. 그래서 앞부분의

가사들은 오직 이 사비를 받치는 역할에 충실하기를

바랐다. 그러면서 고운 멜로디가 존재감을 잃지

않도록 그에 어울리는 가사를 써주려고 선택한

방식이 바로 시였던 거다.

다 써두고 보내면서도 기분이 좋았다. 내가 확실히

좋다고 느끼는 건 작곡가도 같은 마음일 거라고
기대하곤 한다. 아니나 다를까 작곡가는
가사를 보고는 곧바로 싱글벙글해서는 좋다고
연락해 주었다. 그렇게 해서 이토록 품에 쏙
들어올 듯 사랑스러운 사이즈의 절절하고 고운
가사가 탄생하게 됐다.

이 노래에 대해 사소하지만 기억에 남는 일화
하나가 있다. 한번은 안동 쪽을 간 적이 있는데,
정말 푸근하게 생기신, 말 그대로 시골 아저씨 한
분이 〈나를 잊지 말아요〉를 너무 좋아하신다는
거다. 나보다 나이가 훨씬 있어 보이시는 분이라
김희애 씨의 〈나를 잊지 말아요〉와 헷갈리시나 보다,
생각하고서 그냥 "예, 예." 하고 웃어넘겼다.
실제로 두 곡을 제목만 듣고서 헷갈려 하시는 경우도
많았으니. 그런데 그분이 놀랍게도 이렇게 묻는 거다.

"'혼자 했던 사랑', 이 부분 있잖아요, 그런 표현은
대체 어떻게 생각하시는 거예요?"

나도 모르게 눈이 동그래져서는 되돌려 여쭤봤다.

"허각 씨의 〈나를 잊지 말아요〉 말씀하시는 거
맞으세요?"

아니, 시골 어르신께서도 이 노래를 좋아하시다니!
이 곡이 잘되긴 잘됐구나 싶어 그 어떤 때보다도
뿌듯했다. 하긴 나처럼 생긴 아저씨도 '나를
잊지 말아요 / 일 초를 살아도 / 그대 사랑하는
마음뿐이에요' 같은 가사를 쓰는데, 시골 어르신이
이런 감성을 갖고 계시다 해서 이상할 건 없지.

발라드 가사에 '핸드폰'이라니

그런데 뭐에 쓰인 듯 무의식적으로 가사를 써
내려가다 보니 미처 생각지 못한 게 있었다.

'그대의 핸드폰이 난 너무 부럽습니다 / 지금도 니

104

옆에 같이 있잖아요'

이 가사 속 '핸드폰'이라는 단어가 문제였다.
작업을 하면서도 그렇고, 가사를 넘긴 후에도 누구도
이상하다고 생각하지 못하다가 녹음하는 날까지
왔다. 작곡가인 해성이 형도 가수가 와서 녹음하는
시점이 돼서야 비로소 이 부분에서 갸웃한 거다.

"여기 '핸드폰' 말이야. 이거 좀 튀지 않아?
'속눈썹'으로 고치는 게 어떨까?"

'일 초'도 '천 년'도 괜찮고, 하이틴 로맨스에나
나올 법한 '그댈 사랑하는 사람이 한 사람뿐이면 /
그건 나라는 걸 기억해'라는, 정신 차리고 쓰라면
민망해서 못 쓸 가사도 다 좋다던 형이었다.
그런 그가 고민해서 준 의견이니 지금 생각해도
당연하고 타당한 지적이다.
나도 그제야 좀 튀긴 한다는 생각이 들었다. 만일
내가 애초에 어떤 전략과 계산으로 쓴 가사였다면

그런 피드백을 들었을 때 납득할 만한 의견이었으니
'이건 내 전략이 틀렸다는 거구나'라며 가사를
수정하는 데 별 거리낌이 없었을 거다.

나는 원래도 고집을 피울 이유가 크지 않으면
쓸데없이 기싸움하는 걸 피하는 편이다. 게다가
〈그 여자〉를 시작으로 다양하게 합을 맞춰오면서
형과는 인간적으로도 많이 친해진 사이였고,
결과적으로도 뭐만 했다고 하면 찰떡궁합으로
빵빵 터지는 시기였다. 그러니 저 가사를 고집할
이유가 전혀 없었다.

그런데 〈나를 잊지 말아요〉는 의뢰 들어온 후부터
지금까지 하나도 거슬릴 것이 없이 물 흐르듯 나왔던
가사였다. 다시 곰곰이 생각해 봤다. 이 가사는
처음부터 끝까지 그냥 '쑥' 하고 무의식과 의식의
경계에서 나도 모르게 써버린 가사였다. 전략과
계산보다는 작사할 때의 내 감정과 촉, 직관에
강하게 기댔던 거다. 계산은 언제든 틀릴 수
있으니까, 보통은 감각에 대한 믿음이 큰 편이었다.
어쩌면 시처럼 가사를 쓰다 보니 무의식중에 더

낯설고 강렬한 비유를 찾았는지도 모르겠다.
당시만 해도 스마트폰이 보급되던 초창기였으니
'핸드폰'이란 단어가 나도 모르게 등장했던 게 아닐까.
형님 의견도 무척 좋았지만 그와 별개로 내 감각에
대한 궁금증이 들었다. 사실은 말로는 설명할 수 없을
것 같아서 그랬는지도 모른다.
그래서 그냥 휙 던졌다.

"그럼 형, 저기 각이한테 뭐가 좋은지 물어보자."

그래서 녹음실에서 이런 사정을 모른 채 노래를
부르려고 대기 중인 각이에게 물었다.

"혹시 핸드폰 아니면 속눈썹? 둘 중 하나 골라볼래?"

그러자 각이가 눈이 동그래지며 곧장 답했다.
왜 묻는지는 궁금해하지도 않고서.

"핸드폰이 낫죠, 무조건."

당신의 뒷모습만 봐도 눈물 콧물이 나던걸

사정을 모르니 그냥 가벼운 질문인 줄 알았을 거다.
그렇지만 이미 각이 의견으로 정하기로 했으니
빼도 박도 못하고 핸드폰으로 확정. 그렇게 해서
이 가사가 세상에 나올 수 있게 됐다.
근데 이게 두고두고 내 속으론 미안한 일이다.
그런 식으로 결정할 게 아니었다는 후회가 들었다.
어떤 이유로 더 좋은 게 확고히 있는 사람은
마음속에서 분명히 반대 입장에 대해 거슬리는 게
있다는 얘기니까. 그 때문에 전체적인 감성이
뚝 끊길 수도 있지 않은가? 작사가라면 이런 의견을
아주 진중하고 무겁게 받아들여야 했다.
다만 형님이 너그럽게 내 감각을 믿어준 것이 고마울
따름이다. 게다가 크게 히트까지 해주었으니,
여러모로 곡이 나를 살렸다.
어쨌든 가사는 그렇게 목숨을 건졌고,
해성이 형이 우려한 바와 같이 '핸드폰'에 대해서는
사람들 사이에서도 꽤 회자가 됐다. 의도치 않게
이 단어의 적합성에 대해 갑론을박이 벌어졌다.
가사로 어울리는 단어냐, 아니냐를 두고 뜨거운

감자였음에는 틀림없었던 것 같다.

어쩌다 보니 OST 전문 작사가

우리 집에는 텔레비전이 없다. 당연히 드라마든
예능이든 보질 못하니 잘 알지도 못한다. 영화,
뮤직비디오를 찍는다는 사람에겐 직무 유기려나?
그런 내가 갑자기 OST 전문 작사가까지 되어버렸다.
〈그 여자〉 다음이 〈나를 잊지 말아요〉였고,
둘 다 적당히도 아니고 홈런을 쳐버렸다. 거기에
덤으로 기존에 지영 씨 정규 앨범에 들어가 있던
〈아이캔't 드링크〉가 〈나를 잊지 말아요〉처럼
'최고의 사랑'이라는 드라마 안에 삽입되었다.

"작가님, OST를 특히 잘 쓰시는 비결이 뭐예요?"

쑥스럽게도 이렇게 물어오는 사람까지 생겨날
정도로.

'최고의 사랑'은 지저분한 치정 같은 게 아니고 굉장히 산뜻하고 따뜻한 사랑 이야기였다. 당대 최고의 배우들이 출연하는 로맨틱코미디 기대작이었고, 〈나를 잊지 말아요〉는 방향성이 뚜렷해서 작사하기 좋은 남주나 여주의 테마곡도 아닌, 중간 투입곡이었다. 여러 면에서 참 부담스러울 만한 상황이었다. 드라마 전체의 분위기를 잡아가며 어느 장면에서든 흐름을 잘 이어나갈 테마를 가사 안에서 설정해야 하니까. 거기다 허각이라는 라이징 스타의 데뷔곡이나 마찬가지니 주변의 기대가 얼마나 컸겠는가? 비슷하게 커다란 부담을 안고 작업했던 〈그 여자〉는 잠도 못 이루며 스트레스에 삼켜질 정도로 힘겹게 마무리했다. 주어진 일정을 꽉 채워 겨우 마감에 맞췄다.

그에 반해 이 곡은 비슷하게 어깨가 무거운 상황인데도 이렇게 행복하게 작업할 수 있었다는 게 너무도 신기하고 감사했다. 게다가 이제는 'OST 전문 작사가'라는 과분한 타이틀까지 얻었으니, 새삼 인생의 절묘한 이면에 고개가 끄덕여진다.

누구에게나 인생에 빛과 어둠의 시기가 찾아온다.
이 말이 젊었을 때 그리고 너무 힘들었을 때는
너무 뻔하다고 생각했다. 먹고살 만한 사람들이 하는
기만이라며 삐딱하게 들렸다.
하지만 나이는 허투루 먹는 게 아닌가 보다. 이제는
진심으로 이해할 수 있다. 기나긴 어둠의 터널을
지나가다 보면 어느새 기분 좋은 햇살이 쏟아지는
시기가 분명히 찾아온다는 사실을. 그리고 그때는
뒤늦게 찾아온 그 따스함에 진심으로 감사할 줄
알아야 한다는 사실도.

당신의 뒷모습만 봐도 눈물 콧물이 나던걸

나를 잊지 말아요

작곡 전해성
작사 원태연
노래 허각

사랑이란 멀리 있는 것
눈에 보이면 가슴 아파 눈물이 나죠
그래서 널 떠나요
사랑을 사랑하려고 안녕 안녕 안녕

나를 잊지 말아요 일 초를 살아도
그대 사랑하는 마음 하나뿐이에요
그 하나를 위해서 슬픈 눈물 숨기고
떠나가는 나를 기억해 주세요

나를 잊지 말아 주세요
사랑한다는 한마디도 못 하고 가는
혼자 했던 사랑이
떠날 땐 편한 것 같아 안녕 안녕 안녕

제발 잊지 말아요 천 년을 살아도
그대 사랑하는 마음뿐인 바보였죠
그대 핸드폰이 난 너무 부럽습니다
지금도 네 옆에 같이 있잖아요

혹시 이 세상에서
그댈 사랑한 사람이 한 사람뿐이면
그건 나라는 걸 나라는 걸 기억해

나를 잊지 말아요 일 초를 살아도
그대 사랑하는 마음 하나뿐이에요
그 하나를 위해서 슬픈 눈물 숨기고
떠나가는 나를 잊지 말아줘요

제발 잊지 말아요 천 년을 살아도
그대 사랑하는 마음뿐인 바보였죠
그대 핸드폰이 난 너무 부럽습니다
지금도 네 옆에 같이 있잖아요

나를 잊지 말아요

두드려라, 지팡이가 부러질 때까지

#10

방콕시티 / 오렌지캬라멜

가장 나이 많은 남자 작사가

"현역에 있는 작사가 중 가장 나이 많은 남성
작사가시잖아요. 부담은 없으세요?"

이런 질문에 나는 '정확히 반반'이라고 답한다.
겁나는 마음 반,
'내가 이렇게 저물어가는구나.'
뭣 같은 기분 반.

그래서인지 오렌지캬라멜의 〈방콕시티〉나
소녀시대 태연의 솔로곡 〈쉿〉과 같은, 아저씨가
작사했을 거라곤 상상치 못할 작업을 해내는
데서 묘한 쾌감을 얻는다. 어쩌면 이게 중년의
아저씨에게서 '싸이하이부츠(허벅지^{thigh}까지
올라오는 긴 부츠)' '멜로 따윈 관심 없어' 같은 가사가
나오는 비결일 거다.

어느 분야에서 정점을 찍다가 자칫 페이스를 잃고

당신의 뒷모습만 봐도 눈물 콧물이 나던걸

마약에 손대는 사람들이 더러 있다. 특히 예술
분야에서. 그들에게 특별한 도덕적 면죄부를
주고 싶다거나 옹호해 줄 생각은 추호도 없다.
다만 그들이 그토록 쉽게 유혹에 빠지는 이유가
창작 행위가 가진 자극적인 즐거움에 있다는 생각을
해본 적이 있다. 게임, 드라마, 술, 담배보다도
창작은 정말 쾌락적이고 재미있으니까.
그 즐거움을 잃었을 때 자기의 중심을 잡지 못하면
자칫 돌이키기 어려운 실수를 하는 게 아닐까?
아이러니 같지만, 바로 이 창작의 극심한 쾌락이
창작의 극심한 고통도 낳는 게 아닐까 싶을 때가
제법 있다. 그만큼 창작이 고통스러울 때가 많다.
특히 내가 쓴 가사가 마음에 들지 않을 때가 그렇다.
제대로 된 가사를 써내지 못하면 그 재미있는 걸
하지 못하니 더 괴롭다. 실제로 그때는 세상이 더는
날 원하지 않는다는 생각이 들어 몸도 마음도 아팠다.
이 세계에서 버려졌다는 생각에 어떤 일도
재미있지 않았다. 게다가 나이 들어갈수록
그런 고통이 더 자주 찾아온다면?

세상에 나오는 음악을 마주하는 게
너무 두려울 거다. 수많은 좋은 곡 중에
내 이름 붙일 자리가 없어진다면….
하지만 내 사정은 아랑곳없이 세상엔 필연적으로
좋은 노래들이 쏟아지겠지.
그래서 나는 '자기들끼리만 신났지' 하는 꼬인 생각
없이, 건강한 마음으로 명곡들을 즐기고 싶다.
그러기 위해서라도 언제까지고 가장 나이 많은 남자
작사가로 남고 싶다. 정말 멋진 음악인들이 많은데,
그들의 작품을 기쁜 마음으로 감상하면서
'나도 저런 가사를 써봐야지' 자극받고 싶다.

창작에의 이런 간절함 덕분일까. 내 천연덕스러운
'눈치 없음'까지도 도움이 된다.
고백하건대 내게는 다른 사람들의 암묵적 합의나
그런 흐름을 알아채는, 일종의 '눈치'가 없는 것 같다.
일상생활에서는 규칙 같은 것들은 고지식하리만치
따르려는 편이지만, 가사를 쓸 때는 '정상'이랄지
'기준'이라고 할 만한 것들의 렌즈를 빼놓는 편이다.

당신의 뒷모습만 봐도 눈물 콧물이 나던걸

그래서 관습적으로 재단된 이면을 남들보다 더 쉽게 보는 것 같다. 판단하지 않고 그냥 '보고' '감각'하는 거다. 아주 좋게 말하면 편견이 없는 편이라고 할까. 내 머릿속에서는 클럽에서 낯선 남녀가 서로 파트너가 있으면서도 추파를 던지고 유혹하는 장면은 가사로 써서는 절대로 안 되는 그런 얘기가 아니다. 물론 도덕적으로 그래도 된다는 뜻이 아니라, 개연성이라는 측면에서 충분히 가능하단 얘기다. 이런 내게 〈방콕시티〉란 곡을 한번 써보라고 판을 깔아주니 편견 없이 자유로운 상상 속에서 놀아보게 된 거다.

아무튼 이런 사연으로 '제발 이러지 말아요 / 끝이라는 얘기'처럼 절절한 발라드를 쓴 것도, '왜 자꾸 나를 스캔 하나요 / 니 옆에 니 여자가 비틀비틀'이란 도발적인 가사를 쓴 것도 모두 원태연이다. 이 두 곡의 작사가가 나라고 하면 대개는 놀라는 반응인데, 이게 내가 할 수 있는 한 최대한 오래오래 얻고 싶은 반응이다.

이거 완전 저세상 노래 아니야?

〈방콕시티〉와의 만남은 좀 생뚱맞았다. 평소
알고 지내던 회사 대표님이 애프터스쿨의 '나나'라는
멤버를 배우로 고려 중인데, 나더러 와서 좀 봐달라고
했다. 내가 영화 메가폰을 잡아본 적이 있으니 한번
의견을 듣고 싶다는 거였다.
나도 말이 많지 않은 편이지만, 나나 씨 역시도
정말 과묵한 편이었다. 내성적이라기보다는
무슨 생각을 하는지 파악하기어려운, 묘한 분위기가
있었다. 회사에는 '독특한 매력이 있으신 것 같다'라고
간단히 얘길 드렸다.

"그렇지? 신비로운 분위기가 나더라고."

실제로 그녀가 지금은 가수보다 배우로 더 인지도를
쌓고 있으니, 역시 업계 대표라는 이의 안목은
허투루 생기는 게 아닌가 보다.

당신의 뒷모습만 봐도 눈물 콧물이 나던걸

"그건 그렇고, 온 김에 가사 하나 써주고 가."

〈방콕시티〉의 시작이었다.
애프터스쿨에서 가창과 댄스 핵심 멤버 셋으로
오렌지캬라멜이라는 유닛을 만들 건데(그날 만난 나나
씨도 유닛 멤버였다), 아시아 3개 도시를 배경으로
한 댄스곡 연작을 만든다는 게 기획의 요지였다.
〈방콕시티〉〈상하이로맨스〉〈강남거리〉로 이어지는
오렌지캬라멜의 아시아 3부작 프로젝트의 시작이
바로 〈방콕시티〉였는데, 이 곡의 작사 작업을
내가 하게 된 거다.
정해진 내용은 딱 두 가지, 멜로디와 〈방콕시티〉라는
제목뿐. 대표님은 이 제목을 잘 살려 달라는 주문만
하고서 모든 걸 맡겨버렸다. 의상, 안무, 콘셉트 등
정해진 게 하나도 없었다. 그런데 가이드의 멜로디를
듣는 순간, 머릿속에 바로 떠올랐다.

"이건 클럽이네!"

일단 확실한 그림이 그려지면 가사는 자연스레 따라오는 법. 마감 기한을 넉넉히 남겨두고서 순조롭게 작업을 마무리했고, 정산까지 일사천리로 진행됐다.

이게 왜 기억이 나냐면, 당시 마음의 빚이 있던 후배에게 뮤직비디오 조감독을 맡게 해 주는 조건으로 작사 비용을 대신했기 때문이다. 영화를 갓 끝내고서 조감독이었던 후배를 입봉시켰어야 했는데, 상황이 안 돼서 무척 미안한 상황이었다. 이렇게라도 그에게 뮤직비디오 제작을 맡길 수 있어서 얼마나 다행이었던지.

이 후배는 말하지 않아도 이심전심으로 통하는 친구였다. 원래 내가 의도한 것은 B급 감성에 섹시하고 도발적인 분위기, 그리고 '병맛'인 듯 자꾸만 듣고 싶은 노래, 계속 돌려보고 싶은 뮤직비디오였다. 나와 후배는 서로의 영역을 존중하면서도 원하는 바를 잘 캐치해서 재밌게 작업했다. 덕분에 가사를 쓰며 떠올렸던 이미지도 뮤직비디오에 그대로 잘 구현될 수 있었다.

나중에 이런 말도 들었다.

"이거 완전 저세상 노래 아니야?"

이 정도라면 여한이 없을 수밖에.

이런 것도 할 줄 아세요?

이 곡은 멜로디와 편곡이 굉장히 셌다.
발라드가 아닌 댄스곡이기 때문에 가사가 너무 힘이
떨어지면 멜로디에 밀려버릴 것 같았다.
발라드의 경우 〈사랑은 언제나 목마르다〉처럼
멜로디가 강하면 가사에 조금 힘을 빼고 들어가기도
하지만, 댄스곡에서 그렇게 해서는 뇌리에 박히지
않는다. 그렇다고 모든 가사를 '강-강-강'으로
했다가는 멜로디와 가사가 서로를 죽이는 꼴이다.
〈방콕시티〉를 많이 들어본 사람들도 가사를 전부
기억하긴 어려울 거다. 당연하다. 들려야 하는 부분만

잘 들리도록 의도적으로 '약-강-약-강'의 배열을
했으니까.

가령, '일 초에 열한 번씩'은 사실 따로 가사지를 보지
않는 이상 잘 생각나지도, 들리지도 않는다. 그렇지만
그다음의 '흔들흔들'은 귀에 콕 박힌다. 그다음
구절도 마찬가지. '왜 자꾸 나를'은 잘 들리지 않지만
'스캔하나요'는 명확하게 들린다.

센 멜로디 위에 얹는 음절이기에 잘 들려야 하는
부분은 거센 발음을 썼고, 그렇다고 모든 소리가
거센소리가 와서 청자의 귀가 피로하지 않도록 약한
음절이 온 다음에 강한 음절을 배치했다. 약하고
강하고, 약하고 강하고…. 그렇게 해서 앞은 잘 안
들리지만 뒤는 더 확실하게 꽂힌다.

작사가는 내 가사만 돋보이게 하려는 함정에 빠지면
안 된다. 언제나 멜로디, 편곡, 노랫말의 삼박자가
조화로워야 하는데, 곡을 들었을 때 어떤 식의 조화가
필요한지를 바로 파악하는 게 작사가에게 필요한
'훌륭한 귀'다.

당신의 뒷모습만 봐도 눈물 콧물이 나던걸

〈방콕시티〉를 작사할 때 형식적으로는 '자음의 세기'를 신경 썼다면, 내용 면에서는 '자극의 세기'를 고민했다. 듣자마자 클럽이 떠오르면서 도발적인 춤을 추는 여성을 한 남자가 노골적으로 훑어보는 장면이 상상됐다. 여성은 자기 파트너와 이곳을 찾았고, 반대로 자신을 쳐다보는 상대 남성 역시도 제 파트너가 따로 있다. 이렇게 네 사람의 오묘한 분위기가 오가는 장면을 그리면 도파민이 터지면서 움찔움찔 재미있을 것 같았다.

'한 남자의 눈동자가 흔들 / 일 초에 열한 번씩 흔들흔들 / 왜 자꾸 나를 스캔하나요 / 니 옆에 여자가 비틀비틀'

전주와 멜로디 그리고 이 구절의 가사를 들으면 우리는 바로 클럽을 떠올리게 된다. 단 몇 마디로 배경에 대한 세팅을 끝내는 거다. 처음부터 축 처지거나 지루해지면 실패한 댄스곡이니까. 평소 쓰던 가사들과 달리, 직설적이고 자극적이었다.

쓰는 나조차도 일탈하는 기분이었달까.

'멈출 거면 지금 Stop해 / 느낌은 말이 없어 / 멜로 따윈
관심 없어 / 키스는 눈빛으로'

이제 여자는 밀당을 시작한다. 서로 유혹하면서도
옆에 있는 파트너 눈치 좀 보라는 듯이.
그리고 진지한 사랑은 하지 않겠지만, 부르면
갈 거란 식으로 묘한 분위기를 풍긴다.
요즘에야 사귀기 전 진한 스킨십이 큰일까진
아니라지만, 당시만 해도 낯 붉힐 만한 일탈이었다.
그래서 더 야릇하고 관능적으로 들렸던 것 같다.
사람들의 무의식중 금기이자, 현실로 옮기기 어려운
로망을 자극적인 가사로 풀어낸 거니까. 그런데
생각해 보면 그게 바로 클럽의 본질이 아니던가?
운명적 만남처럼 멜로디와 가사가 절묘했다.
만일 청순하고 감성적인 멜로디에 이런 가사라면
조화롭지 못했을 테고, 반대로 〈방콕시티〉의
멜로디에 애절하고 지고지순한 사랑의 가사였다면

당신의 뒷모습만 봐도 눈물 콧물이 나던걸

멜로디의 흥겨움이 가셔서 김빠진 콜라처럼
맹맹한 노래가 되었겠지.

소설 귀퉁이에 가사가 산다

〈방콕시티〉를 작업할 때는 다른 곡들처럼
감정의 무의식대로 쭉쭉 써가는 방식으로 한 건
아니었다. 그런데도 작업이 빠르고 순조롭게
진행됐다. 그 이유를 생각해 보니, 당시에 내가
책을 쓰고 있어서였던 것 같다.
집필 중에는 여러 단어, 표현들이 머릿속에서 계속
자극된다. 그러다 보니 책이라는 영역을 벗어나
가사 영역으로 옮겨온다고 해도 그 예열된 언어
자극이 지속된다.
그즈음에는 『고양이와 선인장』이라는 소설을 쓰고
있었다. 고양이, 선인장 그리고 '쓸쓸이'라는 이름의
비누 등 세 등장인물의 이야기다. 이들은 어느 작가의
집에서 함께 살고 있는 친구들이다.

작가는 선인장을 전자파 차단용으로 집 안에
놓아두었는데, 선인장은 능동적으로 움직일 수
없어서 주인이 물을 주거나 바람을 쐬어주는 등
상대의 사랑을 마냥 기다릴 수밖에 없는 존재다.
그런 선인장에게 어느 날 고양이가 찾아와 서로
친구가 된다.

또 하나의 등장인물인 쓸쓸이는 비누인데, 역시나
주인인 작가를 사랑한다. 비누는 그가 자신의 몸을
만져주는 게 너무 좋은데, 그렇게 사랑을 받을수록
쓸쓸이의 몸은 점점 소멸된다.

한번은 작가가 조심성 없이 다루다가 쓸쓸이를
바닥에 떨어뜨려 못나게 만들어버린다.

쓸쓸이는 너무 화가 나서 사랑하는 작가의 눈을
아주 맵게 만들어서 복수한다.

〈방콕시티〉 가사가 잘 나와서 곧바로 애프터스쿨
완전체의 곡도 작업을 했는데, 이 소설에서 모티브를
따왔다. 소설 속 비누를 샴푸로 바꿔 작사한
〈샴푸〉라는 곡이다. '혹시 너 별별별 이유로 / 나를
슬프게 하면 / 너의 눈을 따갑게 할 거야'라는 가사를

당신의 뒷모습만 봐도 눈물 콧물이 나던걸

보면 이 소설의 이야기가 연상된다.

확실히 작사와 소설, 시는 완전히 다른 영역이다.

하지만 언어의 풍부성이라는 면에서 동시에 작업할 경우 상호 보완이 된다. 책을 쓰면 말, 감성 그리고 표현에 대한 폭이 넓어진다. 새로운 표현과 단어가 나도 모르게 파생되는 거다.

비단 책뿐만은 아닐 것이다. 창작은 경계를 넘나들고 영역을 연결할 때 더 창의적이 되기도 한다는 걸 알게 된 좋은 경험이었다.

플루트 수리공 할아버지처럼

"이런 곡도 할 줄 아세요?"

어떤 곡이든 해내는 사람, 심지어 주 종목도 아닌데 척척 해내는 사람을 보면 역시 노력보다는 재능이라는 생각이 들기도 한다. 내 주변에도 내가 노력에 비해 결과가 잘 나오는 편이라고 쉽게 말하는 사람들이 있다.

하지만 내게 '열심히'란 순간이 아니다.

솔직히 말해서 주어진 작업을 위해 밤새워 분석하는
일은 많지 않다. 대신 나의 '열심히'란 순간이 아니라
'평소'이며 '매 순간'이다.

필요한 순간에만 에너지를 쏟는 사람은,
꾸준히 해온 사람의 '한 방'을 이길 수 없다고 믿는다.
그래서 평소에 열심히 메모하고, 세상을 느끼고,
나만의 표현을 쌓아두다가 정작 필요한 순간에는
마음을 열고 세상을 본다. 그리고 분석하는 대신
감각과 무의식이 이끄는 대로 답을 찾는다.
그래서 내 전략은 '무無전략'처럼 보인다.
녹슬지 않게 평소의 감각을 단련하기 때문이다.
항상 칼이 갈려 있는 거다.

'한 시간 정도 칼을 쥐여준다면 그중 55분 동안은 날을
갈겠다'

나는 이 말을 철석같이 따른다.

때가 되면 이 감각은 기어이 힘을 발휘하기 때문이다.
〈방콕시티〉처럼 평소에 생각지도 못한 판을
새로 세팅하느라 힘을 소진하면 정작 필요한 작업을
하는 데 제대로 능력을 발휘하지 못할 수밖에.
보이지 않는 모든 순간에 열심히 하는 사람이 언제든
최상의 성과를 내는 것은 당연한 일이 아니겠나.
결국 이렇게 매 순간 갈고닦는 것은 오래 감을
유지하며 쓰기 위한 단 하나의 전략이다.

한번은 우연히 접한 다큐멘터리에서 플루트 수리
장인이라는 할아버지를 보게 되었다. 이 장인의
솜씨가 어찌나 훌륭한지, 외국에까지 입소문이 나서
전 세계 악기 전공자들이 수리를 맡기기 위해
이분을 찾아온단다. 매일 대기표를 뽑아야 할 정도로
손님이 몰리니 며느리까지 대동하여 고객 관리를
하고 있었다. 우리나라 악기도 아닌데 나이 지긋한
할아버지가 이토록 솜씨 좋은 장인이라니 놀랍고
흥미로웠다.
특히 눈길을 잡아끄는 건 바로 할아버지의

표정이었다. 작업하는 내내 그분은 참 행복한
얼굴이었다. 온화하고 여유로우면서 근심 걱정이
없어 보이는.
그때 갑자기 다른 프로그램에서 보았던 한의사
선생님 한 분의 인터뷰가 생각났다.

"우리나라에 손으로 맥 짚는 한의사가 얼마 안 돼요.
내가 그중 하나였고, 나는 청와대에서도 불러주었던
한의사였어요. 근데 고백하자면, 사실 그때는
잘 모르는 것도 많았거든요."

그는 이제 선배들보다 더 맥을 잘 짚고
이제마 선생이 와도 그 앞에서 한의학에 대해
논할 수 있을 것 같은데, 이젠 환자가 없다고 했다.
늙으니까 환자 수가 확 줄었단다.
이 한의사 분의 얘길 듣고서, 하는 일은 다르지만
정말 공감했다. 나 역시 이제야 작사에 대해서 알 것
같은데, 20, 30대 때에 비해 작사 일을 덜 하게 됐다.
더 하고 싶은 마음, 더 잘할 수 있다는 마음이 크지만

당신의 뒷모습만 봐도 눈물 콧물이 나던걸

날 찾아주는 사람이 줄어든 거다.

작사가 역시 한의사처럼 어쩌면 거의 모든 직업이, 경험이 많을수록 더 발전하고 실력이 느는 것이 보통이다. 경험과 언어, 기술이 쌓이기 때문이다. 작사 일을 하며 주어진 기회가 적어진 환경에 안타까운 마음을 가지고 있었는데, 플루트 장인을 보고는 정신이 확 들었다. 아, 내가 원하는 모습이 바로 저 모습이구나!

자기 일을 사랑하는 모든 직업인은 행복한 장인이 되어야 한다. 얼마나 나이가 들든, 나 역시 이 일을 행복하게 계속할 수 있기를 바란다. 나이가 들어도 대체할 수 없다는 인정을 받아 여기저기에서 나의 가사를 찾아주면 좋겠다. 그러려면 나는 50대이지만 때에 따라 20대, 30대처럼, 때로는 오히려 70대, 80대처럼도 쓸 수 있어야 한다. 작사의 본질을 제대로 이해한다면 창작자는 나이 핑계를 대서는 안 된다. 내가 예전에 얼마나 잘 나갔는지 알아주길 바라거나 과거의 나를 질투하거나 혹은 얼마나 대단했는지만 알아준다고 화를 낼 일도 아니다.

플루트 할아버지는 우리나라 악기도 아닌 플루트, 즉 불모지를 개척했다. 오랫동안 행복해하면서 그리고 열심히 해왔을 거다. 그렇게 해외에서도 찾게 되는, 즉 '플루트가 고장 나면 무조건 찾는 사람'이라는 영역을 스스로 일궈냈다.

나도 돌파구를 찾기로 했다. 원하는 것을 하고 살기 위한 나만의 경쟁력을 만들기로 말이다. 내 판을 키우고, 과거의 나를 뛰어넘기 위해 계속 연마한다면 이 분야에서 나이가 제일 많은 작사가로 죽을 때까지 일할 수 있지 않을까?

잘 익은 수박처럼 마음이 꽉 차고 넉넉해서 두려움, 시기심 없이 오직 내가 하고 싶은 걸 실컷 하는 사람. 포기하지 않고, 30여 년 전 〈왜 그래〉라는 노래로 세상에 처음으로 작사가로 이름을 알렸을 때의 긴장감을 늘 유지하고 싶다. 〈방콕시티〉의 도발적인 여자도 되어보고, 〈내 입술... 따뜻한 커피처럼〉의 애절한 소녀도 되어보는 게 하나도 어렵지 않은 그런 작사가로 쭉 살았으면 좋겠다.

당신의 뒷모습만 봐도 눈물 콧물이 나던걸

새로운 문이 열릴 때까지

"원 작가, 얘 좀 데려다가 강의 좀 해주면 안 돼?"

후배 작곡가 하나가 잔뜩 짜증이 난 투로 말했다.
얘길 들어보니, 이번에 일을 맡긴 다른 작사가가
클라이맥스 부분에 '책상을 뒤져'라는 가사를 썼는데,
실제 가창을 해보면 멜로디가 강해지는 부분에
'뒤져'라는 말이 붙어 '뒤져'라는 가사만 잘 들리는
가사를 써왔단다. 멜로디와 가창 상황을 고려하지
않은 전형적인 초보 작사가의 실패작이었다.

최근에 AI가 다방면에 활용되다 보니 대중음악계에도
영향을 미치고 있다. 심지어 AI가 작사, 작곡까지
해준단다. 하지만 음질도 그렇고 편곡도 썩 깔끔하지
않다. 거기다 위에 언급한 것처럼 가창 시에 어떻게
들리는지에 대한 세심한 고려 없이 결과물을 내놓기
때문에 아직은 한계가 분명해 보인다.
하지만 초창기 챗GPT가 오류도 많고 동문서답도

많이 하더니, 하루가 다르게 기술이 발전하고

자가 학습하여 엄청나게 발전하지 않았는가? AI로

작사와 작곡, 편곡을 하는 플랫폼들도 눈 깜짝할

사이에 발전할 거라고 기대한다.

그리하여 드디어 나는 작곡을 해볼 생각이다.

사실 어릴 때부터 작곡에 대한 꿈을 갖고 있었다.

좋은 작사에 대한 열망만큼이나 오래되긴 했다.

아버지가 주셨던 기타를 가지고 어릴 때 제대로

배워야 했다는 후회가 오랜 세월 나를 괴롭혔다.

핑계이긴 하지만, 작곡을 배우기까지 먼저 배워야

할 게 너무 많았다. 기본적으로 악보도 볼 줄 알아야

하고, 피아노도 쳐야 하고, 화성학처럼 보기만 해도

머리 아픈 이론도 공부해야 하고….

나는 내 경쟁력이 '게으름'이라고 자조할 정도로

내 게으름을 일찍이 받아들인 사람이다. 아무튼 결국

작곡은 배우질 못했다. 그렇지만 그게 내 강점이기도

하다. 작곡을 배우는 시간에 나에 대한 고민과 다른

부분에 더 미친 듯 파고들었으니까.

그렇게 딱 하나 작곡만 못 하고 있었는데,

당신의 뒷모습만 봐도 눈물 콧물이 나던걸

죽지 않고 오래 살기만 하면 살길이 열린다더니,
드디어 게으름을 타파할 솔루션이 마법처럼 펑 하고
나타난 거다.

'두드려라, 세상이 문을 열어줄 것이다. 지팡이가
부러질 때까지!'

그렇게 AI를 통해 작사, 작곡, 편곡까지 전부 다
내가 작업한 곡들을 활용하는 새로운 비즈니스모델을
구상 중이다. 전에는 머릿속에 좋은 멜로디가
떠올라도 스스로 악보에 실어내지를 못하니,
눈을 감고 다른 사람의 부축을 받으며 외나무다리를
건너듯, 아는 작곡가에게 부탁해서 곡을 쓰곤 했다.
이제는 휘청거리는 나를 내가 직접 붙들고 건널 수
있게 AI가 충실히 역할 해줄 날이 머지않았으니
찔끔 눈물이 날 정도로 감격스럽다.
작사하는 즐거움에 빠져 살다 죽고 싶다.
잠도 못 자고 배고픈 것도 잊을 만큼 즐거운 이 일을
실컷 하고 싶다.

그래서 사는 동안 내가 쓸 수 있는 모든 것 그리고
내가 사랑하는 모든 것을 쓰고 싶다.
슬프게 아름답고, 눈물 나게 명랑한 것들을
언제까지고 쓰고, 또 쓰고, 계속 쓰고 싶다.

미칠 거면 뜨겁게
음악이 나를 부르니까.

방콕시티

작곡 Jorgen Ringqvist · Daniel Barkman
작사 원태연
노래 오렌지카라멜

한 남자의 눈동자가 흔들
일 초에 열한 번씩 흔들흔들
왜 자꾸 나를 스캔하나요
네 옆에 네 여자가 비틀비틀

Bangkok city I can't stop (더 흔들어 봐)
그녀 떨어져 나가게
Bangkok city I can't stop (날 흔들어 봐)
입술이 널 부르게 Tonight

구두가 너에게 날 보낸다
키스는 커피처럼 Hot 뜨겁게
그 전에 네 여자는 Good bye
멘트는 필요 없다 눈빛으로

Bangkok city I can't stop (더 흔들어 봐)
나의 남자도 보내게
Bangkok city I can't stop (날 흔들어 봐)
터치가 널 부르게 Tonight

지금 그녀가 점점 더 미쳐간다
우리의 눈빛은 읽혔다
나의 남자도 점점 더 미쳐간다
미칠 거면 뜨겁게 Tonight

멈출 거면 지금 Stop해
느낌은 말이 없어
멜로 따윈 관심 없어
키스는 눈빛으로

Bangkok city I can't stop
Bangkok city I can't stop
Bangkok city I can't stop

네 눈동자가 나를 계속 부른다
쿵쿵 때리는 심장 난 이게 좋아
너의 사랑이 들린다
쿵쿵 울리는 뮤직 난 너무 좋아
이제 너를 녹여봐 Tonight

Bangkok city I can't stop (더 흔들어 봐)
나의 남자는 떠난다
Bangkok city I can't stop (날 흔들어 봐)
터치가 널 부른다 Tonight

키스가 널 부른다 Tonight

Epilogue

오리지널리티, 그것뿐

네 번째 시집 『사용설명서』를 내고 도망치듯 한국을 떠났다. 초라한 성적을 낸 다음, 서둘러 결혼하고 캐나다로 향한 거다. 누가 날 찾지도 알아보지도 못할 곳으로, 오직 아내와 나 단둘이서 여행할 곳을 찾았다. 캐나다에 있는 9개월여 동안 전화 한 통 받지 않았다. 여행 중에 둘이 싸워도 주변에 말릴 사람이 있나, 얘길 들어줄 사람이 있나. 어린 시절 친구들 생각은 왜 그리도 많이 나던지.

아무것도 하지 않으니, 첫 시집을 낸 이후로 숨 가쁘게 달려온 스스로를 그제야 돌아보게 되었다. 그리고 너무 많은 내가 있음을, 여태 '나'라고 자신 있게 중심에 세울 정체성도 없이 살아왔음을 알았다. 그 후 이 여행은 수많은 나를 가지치기하는 여정이었다. 진짜 간직해야 할 나의 정수만 남기기로 작정하고서.

여행 초반, 장을 보러 마트에 간 적이 있다. 한꺼번에 많이 샀더니만 사은품으로 CD 하나를 줬다. 오디오 같은 걸 사면 하나씩 끼워주던 비매품 CD 말이다. 재킷에 '베토벤'의 영문 이름이 촌스러운

흘림체로 적혀 있었는데, 클래식엔 문외한이라
별 관심을 두지 않고 차 콘솔박스에 처박아 두었다.
그러곤 그대로 잊고 지냈다.
베토벤 CD의 존재를 다시 인식한 건 그로부터 몇 달
후, 아내와 몬트리올에서 뉴욕까지 장장 7시간
거리의 직진 도로를 운전해 갈 때였다.
둘의 대화만으로 채우기엔 가도 가도 끝이 보이지
않는, 지치도록 길고 긴 시간이었다.

'뭐 좀 들을 게 없나? 저거나 틀어볼까?'

그렇게 CD를 넣고 별 기대 없이 재생했다. 당시
마음이 여유롭지 못해서였을까. 차 안을 꽉 채우는,
분명 전에 한 번쯤 들어봤을지도 모를 그 피아노
선율에 뭐라 형용할 수 없는 감정이 일었다.
저 안에 묵직한 감정이 분명 존재하는데, 그게 끝까지
터질 듯 터뜨려지지 않는 게 느껴졌다.
소리 지르지 않으면서도 절규한다는 말의 의미를
조금 알 것 같았다. 숨이 턱 막힐 듯한 감동이었다.

"이게 베토벤의 〈월광 소나타〉야."

몇 시간째 같은 곡을 놀란 표정으로 반복해 듣는 나를
보며 조수석에 앉아 있던 아내가 나지막하게 말했다.
그제야 그 제목을 알았다. 곡 제목 같은 걸 몰라도
감동받는 데는 지장이 없었다.
고전주의, 인상주의 어쩌고 하면 거부감부터 들던
나였다. 아는 게 없으니 겁이 나서 그랬겠지만,
나는 고리타분한 클래식과는 맞지 않는다며 선을
그어왔다. 이 〈월광 소나타〉 덕에 습관처럼 입에 붙은
'난 지식이 적다'란 오랜 콤플렉스를 버리게 되었다.
클래식을 어렵게 공부해야 알게 되는 '그들만의
교양'이 아니라, 7시간 내리 들어도 좋은 무언가임을
느낀 거다. 그게 여행 중 버렸던 나 가운데 가장
오랫동안 갖고 살았던 '가장 크고 무거웠던 나'였다.
지금의 나는 캐나다 여행을 기점으로 기회가 될
때마다 정리하고 다듬어져 형성된 존재다.
전에는 내가 3개를 가지고 있으면서 남들 앞에선
7개인 척하던 치기 어린 시절도 있었고, 그런 내가

꼴불견 같아서 한동안은 하나도 없는 사람인 양 겸손 떨던 시절도 있었다. 고개를 숙이고 나를 낮추는 것만이 겸손이라고 착각했다. 하지만 지금은 3개가 있으면 3개가 있다고 솔직히 얘기하는 게 진짜 겸손이라 생각한다.

내가 해낸 일들에 대한 칭찬에 이제는 더 이상 손사래를 치며 "별거 아닙니다"라고 말하지 않는다. 대신에 "네, 제가 가끔 글발이 됩니다" "시집 정말 많이 팔았지요"라고 너스레를 떨 줄 안다.

그런 태도의 기저에는 내가 이뤄낸 게 오롯이 나만의 것이라고 여기지 않는 마음이 있다. 아는 형의 아버지가 목사님이신데, 그분이 예술에 대해 이렇게 말씀하신 적이 있다.

"좋은 예술품, 그러니까 음악, 시, 그림 이런 건 원래 천국에 있는 거야. 그런데 비틀스 같은 존재가 인간계로 이를 옮기는 걸 '영감을 받았다'고 하는 거지. 네가 정말 잘 쓴 시가 있다면 아마도 그건 천국에 있는 걸 네가 옮겨놓은 걸 거야."

나를 과분하게 비틀스에게 견주어주신 데
감개무량하기도 하지만, 어떤 뜻으로 하신
말씀인지는 알 것 같다. 내가 쓰는 게 아니라, 왠지 내
무의식이 받아 적는 것 같다고 느낀 경험이 있어서다.
또 그렇게 내놓은 작품은 어김없이 사람들의 사랑을
받았다. 물론 그조차도 나의 모든 것을 갈고닦은
뒤에야 가능한 일이다.
앞으로도 '원태연을 좋아하는 사람들이 좋아하는
작품' 말고 '모두가 좋아하는 작품'을 내놓고 싶다.
감히 베토벤이나 비틀스 같은 대가를 꿈꾼다. 꿈에만
그친다고 해도 괜찮다. 그걸 따라가는 것만으로도
멋진 일이니까.

이 책이 작사가로서 나를 롤모델로 하는 이들에게
"작사는 이렇게 해라" 가르치려 드는 걸로 오해되지
않길 바란다. 내가 하는 방식이 정답도 아니거니와,
자기에게 맞는 방식으로 열심히 하는 이들에게 상처
주고 싶지 않다. 주어진 환경 속에서 도전과 좌절을
겪고 있을 위대한 창작자들로부터 '그래, 당신

잘났네!' 하는 시선을 받고 싶지도 않다.

다만, 나는 그들보다 나이를 더 먹어가며 좀 많은
걸 해왔고, 각 영역을 자유롭게 넘나들었던 특별한
경험을 했다. 그 덕에 '나는 이런 식으로 해왔다'
정도는 늘어놓을 수 있게 됐다. 하지만 분명 이는
나만의 이야기다. 이 방식을 타인에게 그대로 주문할
수는 없다. 맞지 않는 방식을 함부로 흡수하는 것만큼
비극이 없다.

이 말을 쓰고서야 우려를 털고 진짜 이 책을 내도 될
것 같다는 생각이 든다.

창작자에겐 자신만의 오리지널리티가 필요하다.
그게 죽어버리면 이도 저도 아닌 이상한 색깔이 되어
나중에는 원점으로 되돌아오는 것마저 힘들어진다.
나 역시 멋있어 보여서 누군가를 따라 해보고,
몰라도 모르는 척하고 싶지 않던 시절이 있었다.
그러면서 실패하고 돌아가기를 반복했다.
자신에 대해 수시로 질문하고 자꾸 써보는 것,
이게 작사가의 시작이다.
'나만의 길'을 찾아가길 바란다. 뭘 쓰든 진짜 원하는

바를 받아들이면 드디어 고유한 목소리를 내게
된다. 내 모습 중 이게 제일 낫다는 걸 찾게 된다.
이제는 안다. 내가 베토벤과 클래식을 모른다고 해서
부끄러워할 필요가 전혀 없음을. 모를 수도 있고
틀릴 수도 있는데, 그걸 인정하는 게 두려워서 괜히
회피하거나 멋있는 척할 필요가 없다.

그런 이유로 내가 이렇게 살았다는 이야기를 담은 게
이 책이다. 때론 뭐에 씌운 듯 족족 실패하고,
때론 운이 좋아서 뭘 해도 잘 맞아떨어졌던 이야기들,
그렇게 해서 얻어진 내 오리지널리티들 그리고
내 삶의 노랫말들을 한번 솔직하게 꺼내보았다.
이 책을 나보다 젊은 분들이 읽는다면 고루하게
느끼지 않기를 바란다. 그리고 내 또래나 그 이상의
분들이 읽는다면 혹시라도 과거를 후회하거나
미워하지 않길 바란다. 결국 내가 말하고 싶은 건
당신이 잘 생각해서 잘 결정하라는 것, 딱 하나다.
모두 각자의 오리지널리티를 찾기 바란다.

그리고 그 오리지널리티가

반드시 빛을 보기를 진심으로 축원하며,

홀가분한 마음으로 외치고 싶다.

"그냥 제 얘기입니다. 볼 사람은 보시오!"

Bonus

보너스 트랙

Track

사랑하고 싶었어
네가 너무 좋았어

가을입니다, 비가 옵니다. 당신 생각이 납니다, 아주 많이 납니다…. 그래서 당신 생각을 하다가 나도 모르게 당신의 이름을 부르고는 피식, 웃어버립니다. 30년 만인가요? 내가 당신의 이름을 당신과 내가 우리였을 때처럼 다정하게 불러본 게…. 그래서 마침 청탁이 들어온 문학지의 지면을 빌려 당신에게 그동안 묻지 못한 안부와 그동안 하지 못했던 이야기를 하려고 합니다. 당신이 이 문학지를 읽으시라는 기대는 손톱만큼도 하지 않습니다. 하지만 당신이 내게 한 마지막 얘기처럼 우연이든 필연이든 우리에게 다시 한번 인연이 주어진다면 그땐 도망치지 않겠다던 그 말이 생각나 용기를 내어봅니다 당신은 제가 한 번도 만나본 적이 없는 사람입니다. 아니, 당신은 제가 한 번도 만나본 적이 없는 사람이었습니다. 당신을 만나기 전에도 그랬고, 당신과 헤어지고 난 지금까지도 그렇습니다. 저는 당신을 생각하면 제일 먼저 비 내리던 횡단보도가 떠오릅니다, 너무나 갑작스러웠으니까요. 쏟아지는 빗방울도… 펼쳐지는 우산들도… 우릴 비껴가는 사람들도… 세상을 수놓은 그 우산들의 행렬들도… 우리는 둘 다 우산이 없었고 그래서 어느새 우리 둘은 꼭 붙어 있었습니다

당신과 나, 그러니까 우리 둘을 제외한 세상 모든 게 사라지는 느낌이었고 가끔 인생은 엄청난 걸 선물한다는 걸 그때 알게 되었습니다. 천국이 여기였구나… 라고 생각했던 그때, 그때처럼 말입니다

해가 저물면 낮에 보이던 것들은 사라지고 어둠 속에서 반짝이는 새로운 것들이 나타난다고 합니다. 처음엔 그게 무슨 소린가 했는데 당신과 헤어지고 오래 지나지 않아 나는 싫어도 그것을 알게 되었습니다. 당신

과 함께일 땐 보이지 않던 것들이 너무나 많았거든요. 제일 먼저는 당신의 빈자리였습니다. 컴퍼스로 동그랗게 도려낸 것처럼 바람만 불어도 아팠던 내 가슴속에 당신의 그 빈자리 말입니다

아침에 눈을 뜨면 가슴이 아팠습니다, 마음이 아닌 가슴, 그것도 정확히 명치 부분이 어김없이 아팠습니다. 얼마나 아팠는지 정형외과를 찾아가 흉부 통증을 호소할 정도였으니까요. 차라리 당신과 내가 마트에서 시식하는 햄처럼 짧게 맛보고 끝내는 오아시스 같은 감정을 나누었다면? 점심을 걸렀어도 몇 점 집어 먹으면 질리는 애정이었다면? 그래서 바닥엔 차마 버리지 못한 이쑤시개를 냅킨 통에 넣고 돌아서도 뒤통수가 부끄럽지 않은 그런 시간을 함께했었다면? 하면서 후회하고 또 후회하며 메꾸려고 했던 당신의 그 빈자리는 의도치 않게도 제 인생을 180도 바꾸어 놓았습니다

당신도 알고 계실 거라고 미루어 짐작해 봅니다. 당신과 헤어지고 난 그다음 해에 저는 우리의 이야기를 시

로 써서 아주 유명한 시인이 되었고 우리의 이야기는 한동안 많은 사람들에게 읽히고 들렸으니까요. 하지만 그때 내가 진짜 원하는 건 그냥 당신 앞에 내가 매일매일 서 있는 거, 그거 하나뿐이었습니다. 분명히 당신의 꿈을 꾼 것 같은데 눈을 뜨면 기억이 나지 않는 하루하루들이 정말이지 저한테는 감당하기 힘든 시간들이었거든요. 벌이랑 강아지는 냄새로 공포를 감지한다고 하는데 저는 당신을 만나지 못하는 그 시간에 스스로 커져 버리는 사랑의 냄새로 우리의 영원한 이별을 감지했었나 봅니다

가을입니다, 비가 옵니다. 당신 생각이 납니다, 아주 많이 납니다… 그리고 기억은 참 이상합니다. 특히 빗소리와 함께 너무나 갑작스럽게 쏟아져 내리는 기억은 때로는 나를 아주 사소하게 만들고, 때로는 나를 아주 위대하게 만들어주고, 때로는 나를 아주 행복하게 해주고, 때로는 하늘에서 떨어지는 물방울을 피해 뛰는 길고양이처럼 나를 아주 당황스럽게 만듭니다. 그리고 그런 순간마다 들려오는 노래는 마치 타임머

157

신처럼 나의 오늘을 정지시키고 나의 과거로 나를 돌려보냅니다

"

사랑하고 싶었어… 네가 너무 좋았어…

네가 나의 다였어…

처음부터 그랬어…

"

언젠가 당신을 생각하면서 만든 t의 Tuesday라는 가사의 한 구절입니다. 그렇게 뚜렷하게 누군가를 사랑한 것도, 그렇게 뚜렷하게 누군가를 사랑한다고 말한 것도, 그때가 처음이었고 그때가 마지막이었거든요

사랑이 뭐냐고 물어보는
그 애의 거짓말을 들으며
커피를 시켜

거 리 에 서 공 원 에 서 차 안

에 서 나 는 가 끔 은 너 를 기

억 해 내 며 놀 라 고 가 끔 은

너 를 기 억 해 내 고 있 는 나

를 보 며 놀 라 고 가 끔 은 아

직 까 지 도 생 생 하 게 (아

닐 땐 ? 흐릿하게) 나의

기억 속에 살고 있는 너를

보며 놀란다 글쎄 너에 대

해서 어떻게 정리할 말을

찾아야 하는지는 아직까

지도 모르겠구나 사실 우

린 서로 아는 게 별로 없잖

아 안녕 이제 아마 나보다

니가 더 내가 그리울지도

모르겠구나 미안해 언젠

보너스 트랙

가 아 직 까 지 도 이 렇 게 생

생 히 기 억 나 는 내 첫 사 랑

의 고 백 어 색 하 게 끊 기 는

전 화 기 를 붙 잡 고 꼭 너 에

게 처 음 하 고 싶 었 어 라 고

얘 기 했 었 지 사 랑 해 라 고

이 제 는 마 지 막 으 로 너 에

게 사 랑 했 다 고 얘 기 해 야

할 시 간 이 온 것 같 다 안 녕

즐 거 웠 고 간 절 했 고 날 씨

B-Side Blues

같 았 고 꿈 만 같 았 던 오 늘

까 지 의 내 모 든 시 간 들 아

보너스 트랙

이건 어때요 그냥 알고 지내는
편한 친구로 가끔씩 차도 마시며

Again

'

스페이스 A

"

보면 죽을 거 같고, 못 보면 미칠 것 같은 당신

몇 신지, 왜인지, 어딘지, 뭘 할 건지

누구랑 있는지 묻지 말고

나한테 와줄 수 있어요? 지금!

"

보너스 트랙

"

일곱 색깔을 다 가지면 어떨까?

머리카락은 파란색, 눈썹은 초록색, 눈동자는……

머리 색깔에 맞춰서 파란색.

입술은 빨간색, 반짝이는 조개 가루를 많이 섞은…….

손톱은… 손톱은… 손톱은…

보라색

섹시하겠다, 빨리해 봐야지.

펑_

"

그래서 난 키키를 반짝이는 빨간색 키키라고 불렀다.

어디서도 배운 적이 없다는 마술로 수프를 끓여

늘 실수투성이인 채로 나타나는 키키.

이번에는 색깔의 요정을 부르겠다고

마술의 수프를 만들더니,

보글보글 수프에서 끓고 있던

반짝이는 빨간색 조개 가루를 잔뜩 뒤집어써

반짝이는 빨간색이 되어버린 키키.

난 그녀를 사랑하고 있다.

많이, 아주 많이…….

"

그럼 이렇게 바라보는 건 어때요……?
내 눈도 반짝이고 있나요……?

내 눈에 보이는 당신은 반짝이고 있는데……
뭐가 그렇게 어렵죠…?

당신도 나처럼
그냥 나를 사랑해 주면 안 되나요……?
"

가끔 난 나에게 묻는다.

난 키키를 얼마만큼 사랑하는 사람이냐고………

언제부터인지 왜인지 난 하루 모두를

키키에 대한 생각들로 보낸다. 너무나도

당연히……….

어느 날은

키키의 생각을 좀 안 하고 살 수 있는 방법을 하루

종일 생각하면서

머리카락까지 아플 뻔했으니까…….

누군가 사랑하게 되는 마음에는

이유가 없다고 했지만

따지고 보면 조금의 이유는 있지 않을까?

가령 목소리라든가, 눈동자라든가…….

어느 한 부분 정도는 특별히 사랑스러운,

이상한 건지는 모르겠지만

나는 키키의 모든 것을 사랑하고 있다.

많이, 아주 많이……,

"

꽃들에게 물어보세요.

　왜 거기에 피어 있냐고

　　누굴 위해 예뻐지려는 거냐고.

　　　이렇게 대답할 거요, 아마

　'몰라요'

아무래도 당신은 생각이 너무 많아요.

　안 되겠어요. 무슨 수를 내야지.

　　당신을 어떻게 하면 좋을까요………?

"

내가 제일 좋아하는 건 키키의 웃는 입술이고
제일 두려워하는 건 그녀의 무표정이다…
한 번도 만져본 적이 없는
북극의 빙하처럼 차가운 그녀의 무표정 앞에서
난 많은 생각을 하게 된다.
그리고 그 많은 생각 중 유독 크게 떠오르는 생각은
혹시 내가 지금 노예 같은 사랑을 하고 있는 게
아닐까……?
하는 생각이다.

　　하지만 그럼에도 불구하고 난 키키를 늘
　　사랑하고 있다.
　　많이, 아주 많이………,

"

알에서 깨어난 오리는 열두 시간에서 열일곱 시간이
제일 민감한 시기래요.
오리는 그 시기에 본 것을 평생 잊지 않게 되는데,
그것을 각인 현상이라고 한대요.

당신은 오리는 아니지만,
오리처럼 단순해질 필요가 충분히 있는 사람이에요.
자, 여기 빨간색 약과 파란색 약이 있어요.

이제부터 나는 파란색 약을 먹고,
흐르는 강물처럼 천천히 당신을 사랑하겠어요

당신이 늘 원했던 대로
당신은 빨간색 약을 먹어야 해요
타오르는 불길 같은 정열적인 사랑….

내가 늘 당신에게 바라던 대로 당신은 많이,
아주 많이 나를 사랑하고 있어야 해요
아무 생각도 하지 말고.

"

뛰어가는 그녀에게
말 한마디 꼭 한마디
할 말을 못 했어요

궁금해
무사히 잘 도착했는지
어디로 가는 건지 몰라도

궁금해
지금 어딘지
어떻게 지내는지도

궁금해

언제, 언제까지나

175

새벽이 오네요 이제 가요

1989년 6월 12일이었습니다, 선생님. 입에 물고 질겅질겅 씹고 다닐 수 있었던 내 앞머리는 한두 번 쓸어보아야 잡힐 듯 말 듯 짧아져 버렸습니다. 너무도 짧은 머리 때문에 저는 거울도 보지 않고 머리가 자라길 17개월 동안이나 기다렸지만, 여전히 예전처럼 입에 물고 질겅질겅 씹을 수 있을 정도로 머리는 자라나지 않았습니다. 다만 그런대로 앞머리는 내 이마에서 바늘처럼 치켜세워져 있었습니다. 제가 이 푸른색 환의라도 입고 있지 않았다면, 선생님은 아마 내 모습을 보고 요즘 가수들 따위나 무슨 춤추는 사람이라고 불렀을 겁니다.

아무튼, 그곳은 참으로 신기한 곳이었습니다. 24

176

B-Side Blues

년 동안 몸에 배어 있던 습관을 딱 일주일 만에 입에 물고 질겅질겅 씹고 다녔던 머리카락을 자르듯 싹둑 하고 잘라버렸으니깐요. 사실 딱 일주일이란 수치도 기억에 기억을 더듬어 보아서 대충 뽑아낸 날짜이지 정확히 언제부터 이 신기한 곳에 적응해버렸는지 기억조차 안 납니다. 그보다 짧은 시간이었거나 그보다 긴 시간이었다고 해도 나는 굳이 일주일이라고 표현했을 것입니다. 그곳에 들어가기 전 난 그곳을 군대라고 불렀습니다. '아하!' 하고 계시군요. 선생님, 그렇게 고개를 끄덕거리는 건 긍정이십니까, 부정이십니까? 아! 좋아요. 제가 혼자 말하기로 되어 있는 거지요.

막상 그곳에 들어가서 보니 저는 그곳을 표현할 마땅한 호칭을 찾지 못했습니다. 며칠 동안 나는 그곳을 '무어라고 불러야 좋을까?'라고 돌머리를 돌렸지만 그걸 지을 시간조차 그곳은 주지 않더군요. 이후 나도 내가 부를 수 있는 그곳의 이름을 짓는 것을 포기했습니다. 사실 그게 어떤 의미를 주고 있는 것도 아니잖습니까! 그래서 난 그곳을 그저 신기한 곳이라고 부르기로 한 거죠. 그 신기한 곳의 특징은 참 많은 것이 있지만 그 많은 특징 중에서도 특히 신기한 것은 어제 무슨 일이 있었는지 도무지 생각이 나지 않는다는 것입니다. 물론 대충 어제는 몇 번 세차했고, 몇 대를 맞았고, 몇 번 고참 대신 새벽 보초를 섰는지…… 뭐, 시간을 내어 생각해 보면 생각이 나겠지만 굳이 어제 일 따위를 생각할 필요도, 겨를도 없었습니다. 사실 그때 나는 내게 일어나는 일들 중 이런 것들을 세어 나가기 시작했습니다.

나는 1989년 6월 12일부터 17개월이 지난 1990년 11월 오늘까지 그러니까 논산 입소대, 훈련소, 대기보충소의 기간을 뺀 약 14개월 동안 1만 2천여 개비인가 1만 3500여 개비의 담배를 태웠습니다. 하루에 한 갑 반씩 10개월, 그리고 그 후로 오늘까지는 담배를 어떻게 태웠는지 그 방법을 잊어버려 태워보지 못했으니 1만 2천여 개비인가, 1만 3500여 개비의 담배를 태웠다고 할 수 있습니